阳光之路

طريق الشمس

[卡塔尔] 阿里 · 本 · 加尼姆 · 哈吉里　著
叶良英　刘风华　译
罗林　审校

北京师范大学出版集团
BEIJING NORMAL UNIVERSITY PUBLISHING GROUP
北京师范大学出版社

序

又名沙姆苏丁的郑和

如果不是读了阿里·本·加尼姆·哈吉里先生的《阳光之路》这本小说，我本不知道明代“郑和下西洋”的郑和原姓马——伊斯兰教先知穆罕默德的简称，其阿拉伯语名沙姆苏丁。查中文文献，发现有另一种关于郑和原名的说法：马三宝。郑和六世先祖名赛典赤·赡思丁，是布哈拉国王穆罕默德的后裔，元初自中亚来华。郑和曾祖父名伯颜；祖父名米的纳哈只；父名马哈只，原名米里金——这简直像是在说一个“外国”家族。郑和的“郑”是永乐皇帝御赐的姓。我原来对郑和的印象几乎像一个汉人——尽管我知道他是回族人，是穆斯林。

在《阳光之路》这本书中，通过郑和，也就是沙姆苏丁之口，阿里·本·加尼姆·哈吉里先生提到中国回族的“回”字的来历。很有意思：唐太宗李世民派使臣到阿拉伯半岛邀请先知访问中国，先知派了四个贤徒来中国传播伊斯兰教，这四位贤徒中有一位名哈吉姆·宛葛斯。唐太宗为他在广州建了座清真寺。宛葛斯总想回国，皇帝觉得他好像跟“回”字结成了兄弟，然后宛葛斯就得了“回”的名号，这也就成了中国所有信奉伊斯兰教的人的名字。当然这只是一个传说而已。

郑和曾经七次“下西洋”。《阳光之路》讲的是其中一次。也就是郑和赴麦加朝圣的那一次（也许是第四次：1413年11月到1415年8月，船队曾绕行阿拉伯半岛，最远到达东非马林迪。或者是第五次：1417年6月到1419年8月，船队曾到达东非木骨都束、卜喇哇、马林迪等国家）。小说的第三部分写郑和返航，船上搭载了各国使节，到北京参加紫禁城落成大典。紫禁城落成于明永乐十八年，也就是1420年。关于郑和朝觐麦加的事，我还需做进一步了解，但此刻，我觉得我其实不必这样细究，因为《阳光之路》是部小说。

另外我不需要细究的是小说中关于郑和或者明王朝的“丝绸之路”和平商贸倡议。郑和的“丝绸之路”显然是海上丝绸之路。但“丝绸之路”之名既不是产生于唐朝也不是产生于明朝。中国和中亚、印度、阿拉伯、非洲以及欧洲的商贸文化交流一直都有，但“丝绸之路”的命名者为19世纪末的德国地质学家李希霍芬（Ferdinand von Richthofen）。但《阳光之路》是部小说。

这是第一次，我读到外国人以郑和下西洋为题材写下的小说。小说中涉及一些中国史实、人物，与我们以前接触到的史料或有出入，例如，明成祖朱棣（又被称作永乐皇帝）这个人的性格、回鹘人在安史之乱中帮助唐肃宗复国、筷子的使用是否始自孔子等，我们也不必细究了。重要的是我们通过本书作者阿里·本·加尼姆·哈吉里先生，获得了一种角度，来想象、来体会这个世界的一段历史。这段历史与我们今天的生活密切相关，但我们一般人在文化上重视不够。阿里·本·加尼姆·哈吉里先生在我们习惯了的中西方视野中楔入一个阿拉伯视野。小说虽以沙姆苏丁为线索，但讲的是阿拉伯世界，它的历史、它的风物人情，是作者对于古代阿拉伯的想象。

看得出来，作者阿里·本·加尼姆·哈吉里先生博闻强识，其小说中穿插着阿拉伯的历史掌故。他对《古兰经》训诫的运用简直是驾轻就熟，信手拈来。这令我们想到古典阿拉伯诗歌、游记的写法。

小说令我们眼界大开。由于过去一百多年中国知识分子对我们“世界意识”的塑造，在一般情况下，我们对西方的了解要远远多于我们对亚洲和阿拉伯世界的了解。也就是说，地理上与我们较近的地区我们反倒会感到陌生，而说起巴黎、伦敦、纽约，那好像就在我们的家门外。阿里·本·加尼姆·哈吉里先生在书中除了提到埃及、摩洛哥、塞浦路斯、格拉纳达、安达卢西亚、巴格达、土耳其、霍尔木兹、蒙古等一些我们熟悉的地名，他还提到另外一些地名和族群的名字，好像那是另外一个宇宙，比如杰巴勒、卡迪夫、帖哈麦、哈马丹、扎赫兰、克尔曼、伊布林、伊赫萨、阿法尔、达格米人、赛利姆人、塔贾利巴人、凯鲁万人、艾哈马尔人、纳卜哈尼人、海达尔人、马迪德人、瓦赫卜人、艾勒马人、阿希尔人、卡特凡人、纳吉兰人、安巴尔人、卡法尔人、马里昂人、黑拉勒人、达瓦希尔人。我们的"世界"必须加上这些地名和族群的名字才更接近真正的世界。

很长一段时间，我对于阿拉伯世界的了解仅限于《一千零一夜》。我手边有一本仲跻昆先生翻译的《阿拉伯古代诗选》，但我记不住那些作者的名字，只是获得了对古代阿拉伯诗歌的一个大致的印象。而这个印象里又混进了我对古代波斯诗歌的印象。我知道医学家伊本·西纳（拉丁语名"阿维森纳"）、旅行家伊本·白图泰的名字，也读过当代几位阿拉伯世界的诗人、作家的作品，这一次读到阿里·本·加尼姆·哈吉里先生的小说，我对阿拉伯文化的感觉立体了起来。而这本小说的奇妙之处又在于它的叙事线索是郑和。

阿里·本·加尼姆·哈吉里先生是学者、作家，现在是卡塔尔国驻广州总领事。他小说中写到许多外交场合，这是他熟悉的领域。他数次写到郑和的随行翻译，我想阿里·本·加尼姆·哈吉里先生是有意为之。其中的含义不言自明。

祝贺阿里·本·加尼姆·哈吉里先生《阳光之路》中译本的出版。

西　川

2019年6月10日

目　录

的船队，这个国家的人前所未见。船上彩旗飘扬，旗帜上还绣着纹样难辨的图案。

进入视线的船只越来越多，令人目不暇接。离海岸越近，人们越能清晰地看出船只有多宏伟、做工有多精美。众人被这摄人心魄的景象所震撼，不禁叹为观止，他们的双脚如同被钉在海岸的沙子里，一动不动。

同样让人感觉不可思议的是，祖法儿国王和文武百官表现出来的那份平静。他们静静地站在迎接船队的队列前方，如同迎候远行归来的亲人。

站在海岸上为解答心中疑问而来的人们不禁开始议论纷纷：这到底是善意、友谊的船队，还是进攻、侵略的船队？

一位水手目不转睛地盯着遮天蔽日的大船，评论道：

“如此庞大的舰船，任何军队都无力抵抗，这简直就是漂浮在海面上的军事城堡啊！”

一位商人说道：

“不，这是装满中国奇珍异宝的巨型商船，他们将在一夜之间让我们的市场琳琅满目。”

一位长者说道：

“中国人不就是很久前摧毁了阿拔斯王朝的鞑靼人的后代吗？”

这位长者的反问像一颗炸弹，顿时在人们心中引起表高亢激昂的言论。他调整站姿，清清嗓音，在赞美真主、向先知和天神祈祷后说道：

“真主的臣民们，伟大崇高的真主在经文中说过：‘谁敬畏真主，他将为谁辟一条出路，而且从他料想不到的地方供给他。’（65：2–3）所以你们要敬畏真主，只敬畏真主！谁依赖真主，真主就会满足他。你们要知道，只有真主才能给你们带来财富，你们的一切都是真主为你们注定的。敬畏真主吧！”

所有人的目光都注视着伊玛目，他们侧耳倾听着，不时点头表示赞同。全场鸦雀无声，就像每周的聚会，谁也没有离去的意思。于是，伊玛目用《古兰经》和圣训中不同的文字重复表达刚才所说的意思。最后，他说道：

“这就是我要说的，祈求真主宽恕我，宽恕你们！大家回家去吧！真主怜悯你们！”

人群像往常一样，谦恭、安静地散去了，他们眼睛里流露出平和的神色，但对于伊玛目回答了许久却仍未给出答案的问题，内心还是充满了疑虑。

当清晨的第一缕阳光划破天际，在洒满晨光的海岸边，聚集起了早早前来此地的人们，他们都想为心中的疑虑寻找答案。

随着一轮红日跳出平静的海面，大家期待的来访者的身影远远地出现在海平面上。如此巨型的船只、庞大会让店铺的货更畅销，买卖更红火，将为国家和自己带来滚滚财富。

可对于渔民们来说，他们唯一的生活来源就是辽阔大海赐予的满网的鱼。他们把一小部分带回家，供家人食用，大部分则拿到城里的鱼店出售，换回钱养家糊口。所以对于中国人的到访，他们并不觉得高兴。

小镇的长者们一如往常，做完晨礼后聚集在清真寺门口聊天，聊完后才各自回家吃早饭，开启一天的生活，长者们的晨聊给从沉睡中醒来的小城带来了活力。今天，中国船队成了长者们聊天的核心话题。

今天的聊天与平日有些不同。往常，只有几位与清真寺伊玛目年龄相仿的长者围着这位伊玛目，他在清真寺引领众人礼拜，不仅学识渊博、能言善辩、讲话深入浅出，而且通晓宗教事务，也通晓俗事。他的观点总是高人一筹，在众人中颇具影响力。众人在与他辩论或反驳他的观点前，也总会犹豫再三，因为他们的胜算很小。

而这回，围聚在伊玛目周围的人比往常多了很多，不仅有年长者，还有很多年轻人，其中包括渔民。他们迫不及待地想知道伊玛目对中国船队的看法，到底会给他们带来吉祥还是灾难。

聚集的人群、令人困惑的问题、忧心忡忡的表情以及期盼的眼神，都激发着伊玛目像做主麻日演讲一样发

第一章

船队抵达阿拉伯半岛

（一）

中国船队抵达的消息在城里不胫而走。渔民们被告知有庞大船队到来，不允许正常捕鱼，于是，他们一反常态，驾着各自的小船早早收工了。此前，这里美丽温柔的海岸线还不曾接待过如此庞大的船队。

虽然国王保证停捕期间给每位渔民每天发放一百迪尔汗作为补偿，可仍有人对被迫停捕颇有微词，他们还真是破天荒头一回遇到这种事。渔民们既担心庞大船队会惊跑前来平静海岸栖息的鱼群，让它们一去不回，同时也对即将到来的中国人心存顾虑。渔民们对中国人知之甚少，只知道他们来自大地的另一头，与他们有着天壤之别，这巨大的差距令他们感觉如同置身于漫无边际的旷野，不知所措。

不过有些人，特别是在海滨开设店铺的人，并没有这些顾虑，反而满心欢喜。他们觉得大批中国人的到来了恐慌。就在事态即将失控的危急时刻，人群中有一位知书达理、冷静睿智的年轻人说道：

“中国人和鞑靼人不是一码事，中国人也曾遭受过鞑靼人的欺凌，饱受他们的摧残，比我们境遇还要悲惨呢。我听说，这支船队的首领是一位穆斯林，叫沙姆苏丁。”

年轻人的最后一句话像是给大家吃了颗定心丸，人群恢复了平静，有人嘴角也露出了轻松的微笑，他们对这支威武船队的态度由恐惧转为惊叹。

沙姆苏丁的庞大船队刚一停靠在祖法儿港，国王和文武百官就前往港口迎接。船上有船员、官兵、科学家、译员、商人等三万余人，还有琳琅满目的中国商品，特别是闻名遐迩的丝绸、瓷器等。

船队的统帅是中国航海家郑和，又叫沙姆苏丁。这位伟大的人物，大家可得好好看看。只见他站在船头，身材魁梧，身着与众不同的官服，显示出他异乎寻常的身份。他那炯炯有神的双眼直视天际，好似流露出他此行的目的——他要深入走访这片以前只匆匆路过、不曾深入了解的大陆。

祖法儿港像盛装的新娘，在前来访问、希望缔结友谊的远方客人面前落落大方。王国的达官贵人们列队站在国王身后，显示出他们对访客的重视和对船队规模的赞叹。无论是船只数量还是装备，他们的王国从未见过如此庞大的船队。要不是事先知道此次访问的目的，王公大臣们也一定会像平民百姓那样，对如此庄严威武的船队心怀恐惧。

沙姆苏丁的双脚终于踏上此行到访的第一座阿拉伯城市，开启了他的中东之旅，也实现了他多年来的梦想。他得到了祖法儿国王的盛情接待和热烈欢迎，足见他在到访之前，就已在这片土地上享有很高的地位和声望了。

国王举行盛大晚宴热烈欢迎尊贵的客人。宫殿装饰得金碧辉煌，灯火通明，达官贵人会聚一堂，欢迎这位远道而来的贵客。

宫殿的细节处处彰显着奢华富贵以及海滨沙漠城市特有的高雅品位。乐器的低吟如同迎接清晨的鸟鸣，婉转悠扬，紧接着，乐队奏响了激越的欢迎曲。沙姆苏丁为之深深陶醉，他的身体不由自主地随着旋律动了几下。随后，音乐复归平静，专为迎接远方贵客而准备的晚宴正式开始了。

沙姆苏丁用温和而又犀利的目光打量着席上的宾客。不知是他统领庞大船队的能力使他颇受崇敬，还是由于人们第一次见到中国面孔，宾客们也都注视着他。

宾客中有三人最引人注目，他们都在祖法儿国王身边就座，其中一位引起了沙姆苏丁的注意。他庄重、威严，双目炯炯有神。祖法儿国王向沙姆苏丁介绍说，他是达格米部族的首领，也是福韦里特和周边地区的首领之一。

另一位则和颜悦色，慈眉善目，让人看一眼就会受到感染。花白的胡须透露出他已年近花甲，这位长者名叫哈拉维，拥有阿拉伯血统，是一位著名的诗人。

第三位看上去三十出头，正值青春年华，一副认真、威严的神态，眼神中透露出机智，衣着则表明他是达格米和哈拉维家族的人。这位年轻人名叫阿米尔，是福韦里特的首领。

哈拉维不需要别人的介绍，因为他当场吟诵了自己的诗作，表达了他本人和半岛各界人士见到贵客时的喜悦之情，以及中国在他们心目中的地位——每一个追求智慧的人都在追寻她，每一个追求知识的人都向往她，哪怕她远在天涯海角。这是有口皆碑的事实。哈拉维吟诵道：

“我们细数着夜晚，夜晚细数着我们，

岁月在流逝，夜晚在继续。”

哈拉维每吟诵一句，人们就发出由衷的赞叹声，沙姆苏丁据此完全能够理解诗歌的精美语句及其丰富的内涵。但是，他的翻译似乎译得很吃力，只能表达出他所理解的内容，而没有翻译出哈拉维诗句的精妙。

翻译告诉沙姆苏丁，诗人为阿拉伯半岛能成为伟大的中国船队航程中的一个站点而感到骄傲和荣耀。

沙姆苏丁感谢哈拉维的诗歌吟诵，对他的创作才华表示赞赏。他说：

“过去我曾多次访问阿拉伯半岛附近的国家，访问这一地区是我的夙愿。这次我率领船队，带着善意，带着希望，肩负和平使命，希望在中国和所有国家，特别是在中国和阿拉伯半岛之间建立兄弟般的关系。令我备感荣幸的是，我一踏上阿拉伯半岛就结识了像你们这样的尊贵的人。”

宾客们听了沙姆苏丁的讲话，如同鲜花沐浴了甘露，脸上露出满意的笑容，对他赞不绝口。大家祈盼这个世界充满和平，人人享有幸福。随后，每人都表达了自己对中国——这个历史悠久的伟大国度的深深敬意。

只有那位眼眸深邃、目光犀利，有着俊美面容的达格米人一直一言未发。沙姆苏丁走近他，问道：

“达格米，请问你知道中国吗？”

达格米用坚定、深沉的声音回答道：

“知道。这么伟大的国家谁人不知呢？我听说过很多关于中国的事情。先知在谈到求知的时候就提到了中国，他说：‘寻求知识，哪怕远在中国。’先知将中国与求知联系在一起，这足以令中国感到自豪。至于中国人，我以前没有见过。过去我总以为中国人长得像土耳其人或蒙古人，现在看来你们更像爪哇人、苏门答腊人或印度尼西亚人。朝觐时我经常能见到他们，当时我就注意到，他们眼睛小，个子不高。不过，你们并非如此！”

达格米微笑着，沙姆苏丁听了他的话也微笑着。自见到达格米以来，沙姆苏丁还是第一次看到他脸上严肃的表情消失了。沙姆苏丁笑得更加开怀酣畅，他的笑声感染了身边的人，大家也跟着他大笑起来，大厅里一片欢声笑语。其中，沙姆苏丁的翻译笑声最大，场面显得有点滑稽。

哈拉维用深沉的声音打断了此起彼伏的欢笑声，他说：

“我认为，生活在遥远东方的人都是同根同源的，他们都是诺亚的儿子雅弗的后代。雅弗是诺亚的另一个儿子闪的兄弟，我们则是闪的后裔。”

沙姆苏丁认真地倾听着，他专注的神情鼓励着哈拉维继续娓娓道来。他开始讲述种族关系，在这方面，他确实学识渊博，无可匹敌。

沙姆苏丁抓住哈拉维讲述过程中稍作停顿的第一个机会，问道：

“‘阿拉伯’一词指的是什么？是指这个地区臣民的种族吗？”

哈拉维似乎正在等待这个问题，他快速而滔滔不绝地说道：

“‘阿拉伯’这个词指的是快速流动、清凉纯净的水，也指易懂的话语、流畅的表达。因此，‘阿拉伯’这个词还指意义明晰的语言，正如《古兰经》中所说：‘以明白的阿拉伯语。’（26：195）先知穆罕默德曾说‘阿拉伯血统与父亲或母亲没有关系，它取决于阿拉伯语’。任何会说这种意义明晰的语言的人都是阿拉伯人，不论其种族、特点和肤色如何。因此，阿拉伯人广泛分布于西起大西洋，东至印度，北起比利牛斯山脉南麓，南抵尼罗河源头的广袤地区；信仰伊斯兰教，掌握了《古兰经》语言的人都是阿拉伯人。”

沙姆苏丁对哈拉维的谈话很感兴趣，不住地点头，对他言简意赅的表达能力深表钦佩，这也恰好证实了他所提到的“阿拉伯”一词的含义。沙姆苏丁的钦佩促使哈拉维继续谈论阿拉伯人的情况，包括消亡了的阿拉伯人、纯血统的阿拉伯人和阿拉伯化的阿拉伯人，以及起源于也门的盖哈坦人和起源于汉志的阿德南人。

这时，沙姆苏丁插话问道：

“在阿拉伯国家为什么没有看到像我们中国那样的高大建筑？”

不等哈拉维回答，达格米抢先答道：

“我们是游牧人，喜欢沙漠，我们生活在沙漠里的沙丘、山间和峡谷里，马背和骆驼背就是我们的家园，是我们衣食住行的场所。我们不能把石头和沙子以及我们呼吸的清新空气变成用以炫耀的高楼大厦。我们的宫殿和城堡是我们用诗篇和丰富的语言建成的。我们的脖颈可以伸向天空，在云层中寻找那片可以进入我们喉咙的云朵，滋润长途跋涉后的干渴。”

哈拉维似乎被达格米的话打动了，忘记了回答沙姆苏丁的问题。而沙姆苏丁从他的译员翻译达格米讲话时的支支吾吾和尴尬神色中，也明白了达格米流畅的语言是翻译的语言水平实难企及的。

这时，哈拉维接着达格米的话，继续说道：

“除了达格米讲的以外，阿拉伯人的一些城镇在建筑方面取得了显著进步，如也门、阿曼和巴格达。但是，说真的，我们阿拉伯半岛的人专注于语言艺术，而非建筑艺术和建筑工程。我们将人类语言的杰作与石雕艺术相融合，为此，我们在麦加天房墙上挂上最杰出的阿拉伯诗人创作的悬诗[1]。”

“我本以为通过对霍尔木兹、马克兰[2]以及附近国家的访问使我们对这一地区已有所了解。但是，现在看来，我们需要多次、不断地来访此地，因为这里有太多我们

[1] 在伊斯兰教兴起之前，阿拉伯各部族诗人创作的最杰出的诗歌作品被用金水写在亚麻布上，悬挂于天房的墙上，故被称为“悬诗”。悬诗是阿拉伯古典诗歌的杰作，是阿拉伯人引以为傲的经典。——本书注释皆为译者所加，余不一一说明。

[2] 位于伊朗东南、巴基斯坦以西，濒临阿拉伯海。

未知的东西。”沙姆苏丁说道。

然后，他双眼凝视哈拉维，继续问道：

“我以前访问过阿法尔。哈拉维，你知道阿法尔吗？对于阿拉伯各地区，你是否都有所了解？”

哈拉维明白沙姆苏丁的问题，这是对他有关血统、部族和民族知识的又一个考验。他不假思索地回答道：

“阿法尔人是也门盖哈坦人的后裔，迁移到了纳吉兰[1]和帖哈麦[2]对面、红海对岸阿比西尼亚[3]东面的苏丹。他们是第一批穆斯林移民，带着自己的宗教信仰，逃离了自己同胞古莱什人的压迫。他们说一种类似于阿拉伯语的古老语言，以红海宝石贸易而闻名，以慷慨、英勇、好客、宽容而著称。他们身材中等，皮肤呈红褐色。”

沙姆苏丁面带满意的笑容，对哈拉维的渊博知识深表钦佩。哈拉维一说完，沙姆苏丁就点头说道：

“所有阿拉伯人都像你这样喜爱有关种族、血统的学问吗？”

哈拉维自豪地回答道：

“种族与出身对于我们阿拉伯人来说，是自小就熟记于心的。刚学会开口说话、遣词造句，我们就开始背记

---

[1] 位于也门和沙特边境的广袤平原。

[2] 位于阿拉伯半岛西部的沿海平原。

[3] 今埃塞俄比亚。

族谱。我们是一个不忘本源的民族。”

沙姆苏丁继续与祖法儿的达官贵人们交流着，他的目光不时看向在达格米旁边落座的年轻人。年轻人神情庄严，沉默寡言又为他增添了几分威严。沙姆苏丁本想过去跟他聊聊，以加深对他的了解，但这次聚会的时间已超出了原定计划，于是他只好作罢。

听了大家的谈话，沙姆苏丁对探索这个新世界的愿望更加强烈了。他真恨不得对这里所有的一切都了如指掌，对这里多姿多彩的文化习俗都熟记于心。萌生这种愿望不只是他此行的任务使然，也是他内心的另一股力量在推动着他。

（二）

夜幕降临，万籁俱寂，人们陆续进入梦乡。沙姆苏丁入住祖法儿国王的王宫，他站在房间阳台向外眺望，只见宫殿内灯火通明，他不知道这是宫殿的常态还是专门为了欢迎他的来访才如此安排的。他闻到一股鱼和琥珀混杂的味道，很快他就发现了这味道的秘密，原来宫殿的廊柱是用鲸鱼骨头制作的，上面装饰着琥珀。

他毫无睡意，开始打量宫殿四周及旁边的花园，看黑夜如何将马赛克鲜艳的色彩遮掩。一抵达王宫，那艳丽的色彩就令他赏心悦目。

他细细欣赏着宫殿的美景，发现环绕宫殿的花园内有一群人围坐在篝火旁，其中就有哈拉维和达格米。他感到很奇怪，这么晚了这些人怎么还毫无睡意。可他觉得这是与哈拉维和达格米继续畅谈，深入了解这一地区的好机会，而这正是他此行肩负的使命之一。于是，他决定前去加入他们。

沙姆苏丁走上前去，众人都起立欢迎。哈拉维站在中间，达格米以及欢迎宴会上坐在他边上的年轻人阿米尔，还有另外三位达官贵人，他们围绕着哈拉维。沙姆苏丁发现阿米尔是所有人中身材最高大的，也是唯一一位与他个头相仿的。他只知道阿米尔是福韦里特的首领，此外就一无所知了。他想更多地了解这个年轻人，于是主动问道：

“听说你是福韦里特的要人，是这样吗？”

阿米尔用谦虚、自信的声音平静地回答道：

“所有福韦里特人都是要人，我只不过是被他们推选出来负责他们的事务，为他们服务的。我托靠和依赖真主，也有我父亲达格米和舅舅哈拉维为我出谋划策。”

“这是你儿子吗，达格米？”沙姆苏丁感到有些意外。

达格米回答道：

“是的，这是我长子，也是与我最亲近、最令我欣赏的孩子。”

沙姆苏丁问道：

“他是怎么成为福韦里特的首领的？不是由你统领福韦里特各项事务吗？”

达格米微笑着说：

“这是父亲和我商定好的，我们都希望国家能够充满活力，因此，父辈早早就把权力移交给年轻的子辈。子辈向父辈咨询，借鉴父辈和祖辈的智慧，这样执政阶层就可以永远充满蓬勃向上的生机。”

沙姆苏丁说：

“这真是太棒了！那你们又是如何战胜自己的权力欲望的呢？”

阿米尔回答道：

“我们认为这是责任，不是面子，也不是权力，否则末日审判的时候是要被问责的。因此，只要认为自己无法继续出色地履行使命，我们对所谓权力就会非常淡泊。我们还通过夜谈去了解赋予我们使命的臣民，了解他们的事务。因此，当有人能替代自己承担重任的时候，谁会不愿意卸下这重担呢？”

沙姆苏丁说：

“看来你们每个人都擅长言语艺术。”

阿米尔说：

“《古兰经》教导我们：‘他每说一句话，他面前都有天神当场监察。'（50：18）伊斯兰教的先知穆罕默德也教导我们'祸从口出'。因此，我们特别注重言语艺术，使所有词语都恰如其分。"

沙姆苏丁想跟他们聊些日常的话题，以打破客套，建立信任。他询问他们熬夜的秘密。

哈拉维说：

"这是神奇力量的作用。"

沙姆苏丁不明白哈拉维的意思，等着他加以详细说明。

哈拉维说：

"你看这木炭，用的是带香味的木头，散发出香料的清香。上面架着的是咖啡锅，锅里煮着咖啡，里面加有小豆蔻和番红花，可谓别具一番风味。花园里弥漫着鱼香和龙涎香，微风吹过，带来香草、延命菊的芬芳，让人心旷神怡。夜谈的人们不停地吟诵优美诗句，为我们带来精神食粮。你说，这些不都是神奇力量的源泉吗？这里储藏着很多鱼，多得可以喂骆驼。咖啡具有独特的味道和令人醒脑的效果，为我们创造了夜谈的氛围，这是我们的传统文化特色。"

听哈拉维解释完什么是神奇的力量，沙姆苏丁笑了，他问哈拉维：

"你们的神奇力量必须有咖啡才能起作用吗？"

哈拉维答道：

“咖啡的特别味道、提神醒脑的功用、制作方法以及传统的呈送方式，都为夜谈创造了气氛，让人变得性情温和、内心安宁。咖啡留在口中的余香就像组诗成句前的文字，让人回味无穷。而这一切都是我们地道的阿拉伯文化。”

沙姆苏丁想尝一尝这不同寻常的阿拉伯咖啡，哈拉维递给了他一杯。

沙姆苏丁示意随从走上前来，吩咐他去取些中国茶。

在月光下，茶第一次与咖啡相会。沙漠微风，伴着鱼香和龙涎香，拂面吹来。夜谈气氛友好、亲密，欢笑声带走了彼此间的客套，在沙姆苏丁和达格米人心中播下了友谊的种子。

美好的夜谈快要结束时，沙姆苏丁把装有茶叶的装饰精美的杯子作为礼物送给哈拉维，感谢他在夜谈中的风趣讲述。哈拉维也回赠了礼物，是一把刀柄上镶嵌有福韦里特珍珠的哈姆丹匕首，其精美程度绝不亚于沙姆苏丁送的杯子。

（三）

在畅谈神奇的沙漠生活后的第二天，沙姆苏丁决定跟随哈拉维和达格米穿越阿拉伯半岛的沙漠腹地，前往福韦里特，了解该地区的内部道路和地形地貌。阿米尔则直接前往福韦里特。

沙姆苏丁感谢祖法儿国王的热烈欢迎和盛情款待，感谢达格米朋友们的陪同，认为他们是他此次半岛之旅最出色的向导。

祖法儿国王说：

“沙姆苏丁，你真是慧眼识英雄呀！论慷慨、热情、豪爽，福韦里特人都是无人能及的，他们一定会成为你最好的向导，帮助你完成此行的使命。”

达格米说：

“询问客人来访的目的不是我们阿拉伯人的习惯，但是，沙姆苏丁，有不少迹象表明，你此行除了加深贵国与我们国家的友谊，还有其他的目的。”

沙姆苏丁回答道：

“达格米，你的猜想是对的！我此行的目的除了加深友谊，还希望实现互惠互利。我们中国对周边的国家和朋友实行开放政策，希望共同维护商路安全，保障货物顺利流通。各国互通有无，共同富裕。如此一来，友谊就为所有人带来了福祉。我们希望贵国成为这条伟大商路上的重要一站，因此，加深对半岛地区的了解也是我此行的目的。”

阿米尔收起往日沉静、内敛的风格，慷慨激昂地说道：

“这个想法太绝妙了！我们深表赞赏和支持。这与

《古兰经》上所说的完全一致：‘你们当为正义和敬畏而互助。’（5：2）”

哈拉维说：

“阿米尔，你说得对！所有人的和平与安宁都能因此而实现。因为一旦国与国之间的利益是共同的，就不会有暴虐与歧视了。”

祖法儿国王说：

“这也正是沙姆苏丁跟我谈起此事时我给他的答复。我们国家一定要成为这条商路上的一站。”

达格米对此事却不像其他人那样充满热情，他说道：

“这确实是个伟大的倡议！只是，前提是这个倡议能惠及所有人，但你们知道的，事实可能并非如此，也许你们明白我这话指的是谁！”

在说最后一句话的时候，达格米把目光转向了阿米尔和哈拉维，他俩点头表示同意达格米的看法。

哈拉维接着说道：

“如果你指的是伊本·卡费闪和麦加谢里夫[1]的话，只要其他部族首领一致赞同，他俩就不会有异议。因为他们跟我们一样，都将是受益者，有什么理由反对呢？”

达格米说：

[1] 历史上对麦加和麦地那两座伊斯兰圣城的统治者的称谓。

“他们两个与大家不同，居心不良，专横霸道，总想掌控整个地区，对我们心怀敌意。”

哈拉维说：

“我们一定要处理好这件事。当务之急是征询各部族的意见，毕竟这件事确实能给所有人带来安全和利益啊！”

沙姆苏丁听着众人你一言我一语的谈话，不由在心里为大家谈论的这两个人勾勒出种种形象。

沙姆苏丁在两位朋友的陪同下开启了半岛之旅。一路上，他们谈天说地，谈论沙漠中的气候、迷人的自然风光、沙漠中生物的习性。夕阳西下，天空拉下了黑色面纱，遮住了它明亮的面孔。不一会儿，群星璀璨，营造出绝无仅有的浪漫氛围。

沙姆苏丁问哈拉维：

“这些镶嵌在沙漠皇冠上的群星让我想起了在辽阔的大海上为我们指路导航的星斗。”

哈拉维说：

“我熟悉沙漠上空的群星，几乎可以一颗一颗地把它们认出来。真主赐予我知识，我可以通过观察群星，为沙漠中的游牧阿拉伯人指引方向。”

达格米尖声打断了他的话，说道：

“你可把他的话匣子给打开了！你看着吧，除非我们求他打住，否则，他会一直滔滔不绝地讲下去的。他有数百首描述群星的诗文，从现在开始，你可要做好听一百首的准备呀！”

达格米边说边把目光转向哈拉维，苦笑着说道：

“开始吧，让我们听听你写的诗句，但愿真主能帮助可怜的翻译。”

达格米的最后一句话是说给沙姆苏丁听的，沙姆苏丁听后也跟着温和地笑了起来。

哈拉维应和着笑道：

“伙计，不要夸大其词了！”

也许沙姆苏丁担心哈拉维真的会开始吟诵那描述群星的一百首诗，赶紧岔开了话题：

“你们怎么协调部族之间的关系呢？你们有国王和苏丹吗？有像我们中国那样的皇帝吗？”

在回答沙姆苏丁的问题时，哈拉维的语调中明显缺少了达格米插话前的热情，但对新话题的兴趣也会令他知无不言：

“你听说过伊本·赫勒敦[1]吗？”

不等沙姆苏丁回答，他继续说道：

“他是讨论民族文明和治国方式最优秀的学者之一，他的高见在我们阿拉伯人中无人不知无人不晓。他曾说阿

[1] 阿拉伯穆斯林学者，著名史学家、哲学家。1332 年生于突尼斯，1406 年卒于开罗。

拉伯人承认领导地位，领导地位的拥有者是领路人，不能压制人民。国王则是绝对的统治者，他拥有人间所有的财富，可以满足身心所有的欲望。因此很少有人会轻易把王位禅让给他人，反而经常因为争夺王位导致战争、杀戮和征服。”

哈拉维说这番话时，沙姆苏丁的双眼有些黯然，靖难之役[1]的画面又浮现在眼前。当时，他竭尽全力支持王爷朱棣，反对他的侄子朱允炆皇帝。最终朱棣登上皇位，成为全中国的君主。

哈拉维说完后，达格米高亢的话语声把沙姆苏丁拉回现实：

“国王的生活太过奢靡，这也是王权的弊端，如果任其发展下去，国王必定会腐化堕落。”

哈拉维说：

“达格米说得对。这一点正是伊本·赫勒敦强调的。他说：‘国王因奢靡而腐败，因奢靡而消亡。’因此，阿拉伯人尽一切可能远离王权政治，只有在世袭或宗教引领下才产生国王。我们这里自古就是部族制，部族之间互相尊重。统治部族的首领尽力维护部族地位，不会凌驾于部族成员之上。你可以看到福韦里特部族的首领阿米

[1] 1399—1402年，明朝统治阶级内部爆发的争夺帝位的战争。

尔，在跟任何臣民打交道的时候都绝不会像国王、皇帝那样飞扬跋扈、盛气凌人。国王、皇帝跟我们正统的伊斯兰习俗毫不相关。”

沙姆苏丁问道：

“这里最重要的部族是哪一个？”

哈拉维回答道：

“是达瓦希尔部族，他们的首领叫巴德兰，是达瓦希尔谷地的埃米尔，是一位充满力量和勇气的善良人。他出身名门，品德高尚。他有三十个孩子，一半是男性，一半是女性，他们在各部族中享有崇高的威望，人们发生矛盾时都请他们进行调解。还有麦加的历任谢里夫们，阿拉伯半岛没有人比他们更高贵、更富有。还有盖哈坦部族、阿德南部族和哈姆丹部族。达格米人则是阿拉伯人中的佼佼者。达格米是他们的首领，由他向你介绍他的部族更为合适。”

达格米说：

“我们达格米人除了拥有金钱、马匹和骆驼外，更为重要的是我们还拥有显赫的门第和卓著的功勋。达格米人分布很广，从阿拉伯最大的山脉霍兰山，经汉志、卡塔尔（福韦里特）群岛，直到伊拉克和沙姆地区，都是我们部族的家园。我们的力量和勇气人尽皆知，我们酷爱武器、马匹、骆驼、大海、沙漠和诗歌。为欢迎客人，我们会兴高采烈地宰牛杀羊，如果敌人胆敢掳掠我们的骆驼，我们定会把他们杀个片甲不留。”

沙姆苏丁认真倾听着他们对各部族情况的详细介绍，这些都是他前所未闻的。达格米的话不禁让他浮想联翩，过去的情景一幕幕又浮现在他眼前。

就在他们兴致勃勃地交谈时，狼的叫声冲破了沙丘里回荡着的话语声。这些沙丘形状各异，围在他们近旁，似乎在同他们交谈，他们深沉的呼吸也和沙丘的连绵起伏交相呼应。

沙姆苏丁问道：

“沙漠里有很多狼吗？除了狼之外，还有其他动物吗？”

达格米回答道：

“不用担心，我们已经把狼驯服了，狼还能替我们看护羊群呢。”

翻译笑了，他压根儿就不相信达格米的话。

哈拉维补充道：

“这座山和卡马尔山的周围有很多老虎，萨姆罕山里还有狮子。萨姆罕山是阿拉伯半岛最大的山，不仅宜居，还富含宝藏。夏赫拉人、马赫拉人和卡马尔山人都保护着这座山。他们有时把产品送往埃及，有时送往祖法儿人那里。在卡塔尔群岛和阿曼，人们训练老虎和狮子用于狩猎！”

沙姆苏丁想起了在锡兰[1]所看到的情景。那里的一些寺庙，人们驯服老虎来看守寺门。当他提到此事时，哈拉维评论道：

“我在伊赫萨和卡迪夫的堂兄弟们还训练狮子和狼来保护羊群呢！”

沙姆苏丁在广袤的沙漠里度过了一夜。这一夜，他虽紧闭双眼，却毫无睡意。哈拉维的声音依然在他耳边回响，为他打开了一个新的世界，让他回想起一桩桩往事，减轻了沙漠旅途遥远和枯燥的烦恼。

（四）

第二天早晨，沙漠中微风习习。沙姆苏丁走出帐篷，达格米亲自为他端来一碗鲜奶，对他说：

“骆驼奶的鲜香无与伦比。先知建议饮用它，因为它可以祛病、解渴。”

沙姆苏丁谢过达格米，喝下骆驼奶，问今天他们要去哪里。

达格米说：

“今天我们去伊布林绿洲，它是最大、最古老的绿洲，有‘沙漠西部门户’之称。甚至有人说它是唯一没有遭

[1] 今斯里兰卡。

到惩罚的绿洲，因此在萨利赫和赛伯邑的城市消失以后，该绿洲依然还在。”

沙姆苏丁要求翻译哈桑把哈拉维的话和沿途的见闻全都记录下来，编辑成文，作为重要成果带回国内。

抵达“沙漠西部门户”时，他们受到了伊布林绿洲首领贾拉勒的欢迎。贾拉勒是当地知识最渊博的人，因为他经常走访人烟稠密的地方。他虽年近百岁，却头脑敏锐，行动灵敏，充满活力，看上去顶多有五十岁。他经常来往于霍尔木兹、马克兰、阿曼和麦加之间。他在阿拉伯人中享有声望，因为他为人豪爽，出身高贵，拥有财富。此外，他还拥有最好的阿拉伯纯种骆驼。

贾拉勒欢迎过客人后，带他们来到饲养最好的纯种阿拉伯骆驼的地方。他非常自豪，因为他的骆驼是举世无双的。

达格米说：

“我们那里有以鱼为食、跑得飞快的祖法儿骆驼，还有著名的快马。”

哈拉维平静地微笑着，对达格米说：

“你嫉妒他们的骆驼啦？”

达格米说：

“我们不嫉妒，我们不嫉妒我们的盟友。帖哈麦和哈姆丹之间的兄弟情谊是无比深厚的。”

来到绿洲中心地带时，眼前从未见过的情景令沙姆苏丁目不暇接。

一群围坐在一起吟诵《古兰经》的人吸引了沙姆苏丁的目光，他们的声音协调一致，优美动听。中间的一位长者头缠白色头巾，头巾的一角垂挂在驼起的背上。他不时地前后左右晃动，控制着吟诵者的节奏。他吟诵的声音时而悠长，时而急促，时而停顿，然后再继续。其他吟诵者也晃动着身体，调整着节奏，似乎要跟他一决高下似的。有的还用手堵住耳朵，或盖住眼睛。看到这场景，沙姆苏丁不由久久驻足，未发一言。

在一个角落，他看到有一个人被捆绑着双手双脚。一位身材魁梧、须发浓密、声音洪亮的年长男子坐在他头部上方，不停地快速吟诵《古兰经》。只见男子的嘴紧贴着那个人的耳朵，好像在跟他说不想让人知道的秘密。那个人不时地发抖，时而安静下来，时而大声呼喊。这是当地著名的“拉长旋律”的方式，以大声吟诵《古兰经》为人治病。治疗者的吟诵声更大也更快了，快得听起来有些模糊不清。接受治疗的人满头大汗，叫声也越来越尖厉。随后，治疗者扇了他一个耳光，同时对着他高喊：

“快走吧，不然烧死你！”

在另一个角落里，堆放着一堆颜色不同、大小不一的瓶子，一位男子站在这些瓶子前面，用类似骆驼叫的声音喊道：

“真主只要降下一种病，必定会同时降下一种药。”

“快好起来吧，真主的仆人。”

这不是被遗忘在广袤沙漠中心的绿洲，而是一个充满活力的世界，一个科学与信仰并存的奇特世界。

一名男子牵着马向他们走来。这名男子有着大大的眼睛，高高的鼻梁，棕褐色的皮肤，挺拔的身材。他大声跟他们打着招呼：

“你们好，朋友……你们来自中国，长途跋涉可真不容易。”

男子的话让大家都笑了起来。

贾拉勒部族举行宴会，欢迎贵宾们的到来。该部族和附近部族的埃米尔都前来参加。伊布林绿洲的医术在阿拉伯半岛各地颇有名气。中国贵宾得到了绿洲医者的敬仰，因为他们知道，中国在医学领域的成就是非凡的。

（五）

沙姆苏丁在哈拉维和达格米的陪同下来到福韦里特。阿米尔为了安排接待事宜先回来了，他要隆重地接待沙姆苏丁，以符合他的身份和地位。福韦里特像一颗来自银色大海的明珠，镶嵌在阿拉伯湾的海岸边，光芒四射，璀璨夺目。

部族的族民身穿白袍，隆重欢迎中国贵宾。他们个个脸上洋溢着发自内心的微笑，灿若福韦里特的珍珠。

见到阿米尔时，沙姆苏丁高兴地与他拥抱，然后，他又热情地拥抱了阿拉尔。上次访问霍尔木兹时，沙姆苏丁曾见过阿拉尔，对他印象深刻。在福韦里特再次见到他，知道他是自己的新朋友达格米的亲戚，让沙姆苏丁感到更加喜悦。

地毯铺设好，隆重的欢迎仪式开始了，福韦里特的达官贵人络绎前来，对沙姆苏丁的到来表示欢迎。他们一致认为，沙姆苏丁倡议开辟的商路必能为这个地区打开东方市场的大门，为他们带来财富，繁荣商业，富裕民生。

沙姆苏丁结识了赛利姆部族的长老们，赛利姆部族是除达格米部族外当地最大的部族之一。他还结识了来自南部地区的哈立德部族的长老和泰米姆部族的长老。在纳卜哈尼人把泰米姆人从内志驱逐后，判处他们分散居住，并且规定每个群体的人数不得超过百人。于是他们便向福韦里特寻求帮助，福韦里特为他们提供了安全的居所。

沙姆苏丁了解到半岛东部是世界上采珠业最发达的地区，他相信这里将成为中国丝绸之路上珍珠贸易的中心。

沙姆苏丁对哈拉维说：

“福韦里特太奇妙了！臣民们也非常热情好客！你再给我介绍介绍吧！”

哈拉维回答道：

“这是一个美丽富饶的地方，先知曾穿过他们制作的服装。他们的埃米尔伊本·埃维·泰米姆是阿拉伯国王和埃米尔中最早接受伊斯兰教的，随后福韦里特的居民也信奉了伊斯兰教。这里的男人勇敢豪迈，同时性情包容，这得益于居民身份的多样化。

“这里以销售优质珍珠而著称，与阿拉伯半岛东海岸其他国家产的珍珠相比，这里的珍珠颜色更漂亮，体积更大。这里还是半岛进口印度沉香和香料的主要地区。

“福韦里特人一直都是实现部族间友好沟通、维护部族间平衡关系的桥梁。比如，他们在霍尔木兹的巴拉米克人、杰布勒人、帖哈麦人、哈姆丹人、卡德凡人和盖哈坦人以及阿曼首领纳卜哈尼、伊赫萨首领朱布里、卡迪夫埃米尔谢尔哈尼之间建起了合作的桥梁。

“福韦里特的埃米尔一直与他们保持着非同一般的友好关系，这有利于埃米尔在他们中间发挥作用。他借助与阿拉伯半岛大多数国家之间稳固的贸易关系，完成了各项谈判任务。”

在哈拉维介绍福韦里特酋长国及其埃米尔时，沙姆苏丁目不转睛地看着哈拉维，仔细倾听。听着听着，他不由地攥紧了拳头。他不也正像福韦里特的埃米尔一样，一直想通过贸易关系呼吁和平、传播和平吗？

哈拉维似乎读懂了沙姆苏丁的心思，微笑着对他说：

“你是不是与阿米尔有相同的想法？”

沙姆苏丁笑着回答道：

“确实是啊！我们创建丝绸之路也正是出于这种考虑，看来真是英雄所见略同啊！”

大家都笑了，笑声最大的仍是翻译哈桑，他夸张的笑声总能成功地吸引所有人的注意。

哈拉维言归正传，继续介绍福韦里特、福韦里特人以及他们在阿拉伯半岛各部族之间发挥的重要作用。他说道：

“阿米尔、阿拉尔、达格米与纳卜哈尼之间的联系一天都不曾中断，双方之间的珍珠、马匹等各种货物贸易几乎每天都在进行，特别是骆驼贸易，阿米尔本人就酷爱骑骆驼。纳卜哈尼为两个酋长国之间的关系而自豪，他以阿米尔和阿拉尔的名字为他的两个儿子命名，就足以证明他们之间稳固而深厚的关系。”

沙姆苏丁插话道：

“看来售卖珍珠是福韦里特人最重要的贸易。”

哈拉维回答说：

“这一点毫无疑问。福韦里特是盛产珍珠之地，这里有品质最精良、个头最大的珍珠。因此，历代皇帝和国王都用它装饰皇冠，制作项链，作为最贵重的礼物送给他们尊贵的朋友。这种情况很久以前就有了，亚述人、巴比伦人、波斯人、罗马人、土耳其人、蒙古人、印度人、安达卢西亚人、柏柏尔人等，他们都喜欢佩戴福韦里特珍珠。福韦里特珍珠一直是东西方美人的装饰品，是权力和地位的象征。福韦里特人相信，只有潜入海底深处，敢于冒险，才能达到荣耀、幸福、美丽和辉煌的巅峰。”

哈拉维的话感动了沙姆苏丁，他报以赞赏的微笑，连连点头表示满意。随后，他评论道：

“你说得对，哈拉维，只有上天入海才能赢得荣耀。比如云彩，只有经过阳光的洗礼，将它从海面升上天际，才能成为点缀长空的云朵。喜欢大海的人也是如此，他们知道，通往荣耀的道路横贯长空。”

哈拉维一脸笑容：

“你说得好极了，沙姆苏丁！”

哈拉维和沙姆苏丁的话点燃了达格米四射的热情，他用铿锵有力的声音说道：

“他们是勇敢的战士，视死如归，谁敢觊觎真主赐予他们的领土和财富，他们就用拳头教训他。当伊本·卡费闪和他的盟友企图侵占福韦里特财富的时候，他们就是这么做的。我经常要求阿米尔和阿拉尔要消灭他们，用他们的鲜血来祭奠福韦里特的大地。”

沙姆苏丁打断他，说道：

“达格米，静一静，不要急躁！我们是为了寻求和平，我们希望世界各地都充满和平。”

阿米尔说道：

“你说得对，沙姆苏丁，这是宗教赋予福韦里特人的品德。‘如果他们倾向和平，你也应当倾向和平，应当信赖真主。他确是全聪的，确是全知的。’（8：61）我们是大海的弄潮儿，我们赤裸上身潜入海底，获取财富，填饱肚子，装点容颜。我们伸出双手就是为了全人类的福祉。谁离我们越近，谁就越能感受到我们的善良、慷慨与美德。

“这就是福韦里特，商业繁荣，纯种骆驼、跑得最快的阿拉伯稀有骏马、珍珠和服饰为她带来数不尽的财富；先知曾穿过福韦里特人制作的服装，为她增添了荣耀；阿拉伯诗人在绝妙的诗句中对她称颂。这一切都是真主对我们国家的恩赐，我们要让我们的财富惠及近邻，特别是我们的兄弟。希望我们的宽容、仁爱能成为治愈他们愚昧的良药！”

沙姆苏丁听着阿米尔的话，脸上露出欣赏与赞许的微笑。

（六）

沙姆苏丁决定前往麦加朝觐，达格米和哈拉维则建议他先到伊赫萨会见当地的首领朱布里，跟他谈谈丝绸之路倡议。因为朱布里在当地声名显赫，他的加入会带动更多的部族拥护这一倡议。船队可以从伊赫萨前往吉达，再从吉达前往麦加。

沙姆苏丁对这个提议非常赞同，于是即刻准备启程前往伊赫萨。

扎米勒·朱布里热烈欢迎达格米部族和中国的贵宾。跟在祖法儿和福韦里特一样，沙姆苏丁在这里也受到了热烈欢迎和盛情款待。

沙姆苏丁与朱布里的谈话非常友好且富有成效，两人一致认为中国的倡议十分重要，丝绸之路不仅将为该地区带来富裕，还将为其带来和平。（这条商路将成为生机之路、和平之路。）

他们商量举办一场会议，由加入丝绸之路倡议的本地区大部分部族和酋长国参加。

这次面谈圆满成功。沙姆苏丁在哈拉维的陪同下先行离开，达格米则留下与朱布里有事相商。

朱布里问：

“阿米尔和阿拉尔怎么样？为什么没有跟你们一起来？”

达格米回答：

“你知道的，阿米尔总是被福韦里特的事务缠身。此外，他正在协调安排各部族会议，商讨有关丝绸之路倡议的事宜。”

“那阿拉尔一定在霍尔木兹喽？”朱布里微笑着问。

达格米回答：

“是的，我听说他的随从去追赶他，但没有追到。他带着骆驼离开霍尔木兹，从海上回来了。”

朱布里很惊讶：

“在海上带着骆驼？这怎么可能？骆驼不能渡海，也不能乘船。”

达格米说：

“你说的没错，但他还是那样做了，他把骆驼拴在船上。你听过他的诗句‘牵着骆驼，我登船远航！’吗？”

朱布里笑着说：“阿拉尔真是好样的！他此举可谓前所未有！他在霍尔木兹一定度过了一段美好的时光，那里到处是漂亮的脸蛋儿！”

他说最后一句话的时候，不好意思地笑了，还对达格米挤了挤眼睛。

达格米跟着朱布里笑了起来，说：

“那是毫无疑问的！”

接着，达格米认真说：

“朱布里，我想要你这儿最好的服装、珍珠，最优质的椰枣，作为礼物送给中国皇帝。还望你成全，我的兄弟。”

朱布里回答：

“没问题，小事一桩！你们哈亚兹和阿尔杰迪的人状况如何？”

达格米回答说：

“我的人，你也这么清楚，消息可真灵通。他们一贫如洗，真主保佑他们。”

朱布里笑着说：

“快别说了，他们在卡迪夫的朋友马希胡里允许他们随意出海吗？”

达格米说：

“放心吧，朱布里，他们都是生活在真主土地上的穆斯林，他们是我们的兄弟和同胞。你的达格米兄弟们已经把生意做到了霍尔木兹和也门。你每年都带领三万朝觐者去朝觐，没有一个人打扰你的朝觐和生意。”

朱布里说：

“是的，是的，他们在履行他们的承诺。达格米，你听着，是真主的旨意把你送到我这里来的。我们急需武器，可你的人拒绝向我们提供武器。”

达格米疑虑地摇着头说：

“你这是要发动侵略吗？”

朱布里解释道：

“不是的，兄弟，是为了保证朝觐者的安全，你知道的，每年保护这么多人安全的担子有多沉重。达格米兄弟，我们信任你，在这件事上你绝不会让我们失望的。”

达格米说：

“包在我身上！我们在福韦里特有一个武器库，你想要多少都行！至于保护朝觐季的安全，保护前往麦加朝觐者的安全一事，咱们可以在福韦里特各部族集会上进行讨论。”

朱布里问：

“你们和沙姆苏丁的下一个目的地是哪里？”

达格米答：

“我们先去麦加，然后去马斯喀特的纳卜哈尼那里，或者直接去也门的赖苏利亚王国。”

朱布里说：

“你们想念那里动听的声音、可口的美食和漂亮的脸蛋儿了吧？”

说着，他像孩子一样笑了。

达格米接着他的话说：

“还有红色和黑色的骆驼、纯洁的珍珠、匕首和哈姆丹剑。”

朱布里问：

“你准备陪同沙姆苏丁回中国吗？”

达格米说：

“是的，我、哈拉维和阿米尔都去。这次旅行，我已经在心里盘算无数回了。”

朱布里说：

“达格米，你是阿拉伯半岛的伟大首领，是阿拉伯半岛的骄傲。哈拉维是半岛最优秀的雄辩家和谱系学家，是阿拉伯人的使者，是沙木尔人、马赫尔人、卡马尔人和也门人的使者，是从半岛北部到南部，从山区到城市所有人的使者。阿米尔则是年青一代首领的杰出代表，他高瞻远瞩、见地深刻、能言善辩，既有年轻人的青春活力，又具备长者的智慧，还有谁比你们更适合代表阿拉伯人前往中国，会见中国皇帝呢？”

达格米说：

“朱布里，你过奖了，但愿真主能让我们成为你描述的那种人。”

朱布里说：

“我说的都是实情，万能的真主祝你们事事顺利！”

沙姆苏丁在哈拉维的陪同下辞别了朱布里。哈拉维主动问道：

“咱们跟朱布里的会见怎么样？我认为很成功！”

沙姆苏丁回答：

“确实非常成功，但我感觉朝觐的事让他颇为费心。”

哈拉维说：

“朱布里每年都带领三万人去麦加朝觐。”

沙姆苏丁惊叹：

“简直就是庞大的朝觐大军！这么多朝觐者吃喝住行的费用从哪里来？难道他经营着大宗生意？”

哈拉维回答：

“是的，他掌管农田、道路和水源，还有珍珠贸易。”

沙姆苏丁问：

“他是从什么时候担任伊赫萨的首领的？”

哈拉维回答：

“阿尤尼死后，他就成为伊赫萨的首领了，那里的各部族首领们都推荐他，并把国家的财富和宝藏都交付给他。由于他与阿拉伯半岛各部族之间的密切关系以及他的公正、学识、慷慨和财富，他得到了达格米、哈亚兹、阿尔杰迪、穆拉、卡法尔、祖法儿以及山区各部族的支持。他有来自各个国家、各个种族和血统的仆人，他的权势扩展到了沙漠、山谷，甚至哈伊拉和法乌。”

沙姆苏丁说：

“他加入丝绸之路倡议的意义非同一般。”

哈拉维也说：

“他的加入是对丝绸之路倡议最有力的支持，他将为我们清除反对该倡议的人设置的障碍。”

沙姆苏丁问：

“哈拉维，你指的是谁？”

哈拉维回答：

“以后你就会明白的！”

（七）

达格米一告辞，朱布里就和他的大臣、亲信商讨为庞大的朝觐队伍提供沿途安全保障的事宜，以保证朝觐天房的人顺利抵达麦加，并在完成伊斯兰教五功中的朝觐功课后平安返回。

朱布里问：

“你们做好了朝觐旅行的最后准备了吗？”

其中一人回答：

“赞美真主，做好啦。我们准备好了全部的物品、必要的食物和武器。但是，达格米承诺为我们提供所需的武器了吗？”

朱布里说：

“我向他提出来了，他也诚恳地承诺了。他是个一诺千金的人，从不食言，更何况他深谙这件事的重要性。”

一位长者说：

“朱布里，你说得对，保护天房朝觐者免受任何腐败的叛教者的恶意伤害比什么都高尚，就像盖拉米塔派活跃时期真主把他们的脸变丑、肤色变得更黑那样。”

一位风华正茂的年轻人说道：

“我听说他们在天房胡作非为，屠杀、抢劫朝觐者。”

朱布里说：

“是的，孩子，那是一段痛苦的历史，麦加的土地遭受了前所未有的破坏。”

年轻人说：

“这是对麦加在伊斯兰教中伟大地位的损害。那些无视宗教和道德的都是些什么人？难道他们的心跟我们的不一样吗？”

长者说：

“麦加的土地是真主指定的穆斯林礼拜的正向，这块土地被赋予了世界上任何其他地方都不可能有的荣耀，天房就是这一荣耀的标志，是其神圣性的寓所。因此，麦加一天都没有摆脱反对伊斯兰教和先知的野心家的野心、仇恨者的仇恨以及阴谋家的阴谋，直到现在，有些人还在诋毁伊斯兰教和先知使团。”

年轻人问：

“你指的是先知诞生那年艾卜莱哈·侯卜什对麦加的攻击吗？”

长者答道：

“不是，孩子，是真主在《古兰经》中提到的大象事件[1]之前。”

朱布里说：

“我也以为你指的是那个事件。”

长者说：

“我指的是哈扎阿部族翻墙进入没有天蓬的天房，抢走了里面的宝藏。”

年轻人奇怪地问：

“那时天房内有宝藏？”

长者回答：

“是的，孩子，在建设天房的时候，我们的使者易卜拉欣挖到了一个存放首饰和礼物的宝库。”

年轻人像赢得了胜利，面带微笑地问：

“再后来就是艾卜莱哈的攻击吗？”

长者回答：

“是的。当时，天房在阿拉伯部族有着举足轻重的地位，人们纷纷前去朝觐。艾卜莱哈对此心生嫉妒，他在也门建造了一座设计精美的基督教大教堂，以为能替代天房，吸引阿拉伯人从四面八方来教堂做礼拜。但阿拉

[1] 指公元570年阿比西尼亚（今埃塞俄比亚）国王艾卜莱哈统率了一支以大象为先导的军队对麦加发动进攻一事。

伯人并没有响应他的召唤，他的如意算盘没有得逞。于是他率领野蛮的象军，企图摧毁天房。真主给了他应有的惩罚。”

朱布里说：

“艾卜莱哈这么做，我们自然会反对，但他不是穆斯林，他的所作所为无损天房的尊严和光辉。而那些自称信仰伊斯兰教的假穆斯林们对天房的破坏，才是有理智的人不可想象的。”

长者说：

“我的侄儿，一个患了权力病的人，是不可能服从另一个政权的。‘你告诉我吧！以私欲为主宰的人，真主使他明知故违地迷误，并封闭他的耳和心，在他的眼上加翳膜；真主使他迷误之后，谁还能引导他呢？难道你们不觉悟吗？’（45：23）

“难道穆斯林国家争夺权力的政治斗争没有引发灾难、分裂、互相残杀、互相争夺吗？难道失败还少吗？难道没有引起真主使者的子孙们互相残杀吗？

“为了抓获藏在天房罩幕后的阿卜杜拉·本·祖白尔，哈欣·本·纳米尔就用弩炮攻击天房；随后，哈贾吉·本·尤瑟福·赛卡非再次用弩炮攻击天房，直到抓获阿卜杜拉·本·祖白尔，杀死他，将其钉在天房。难道不是这样吗？”

朱布里用一种好像从深洞内发出的声音说：

“你说得对，叔叔，‘人确是很不义的，确是忘恩负义的。’（14：34）盖拉米塔派怎么样，像纳米尔和赛卡非那样吗？”

长者说：

“他们更有过之！纳米尔和赛卡非权欲熏心，贪婪是他们的动因。而盖拉米塔派，厌恶、仇恨，对伊斯兰教及其信徒的伺机伤害是他们的动因。”

年轻人问道：

“难道他们不是穆斯林吗？”

长者答道：

“他们的创始人哈马丹·盖拉米塔是外貌和道德都扭曲的人，他谎称信仰的是伊斯兰教，而盖拉米塔派属于秘密的伊斯梅尔教派的一个分支，遵循创始人欧拜德·本·卡达哈的道路，但他事实上仇恨伊斯兰教及其信徒，诋毁伊斯兰教的圣物和教律。”

朱布里气愤地说：

“这个该死的罗圈腿，他是外表和道德都残疾的人。”

长者说：

“但是，这个该死的却能够笼络起那些像他一样权欲熏心、思想畸形的人，组成了一支庞大的军队。那些坏人从伊拉克南部和黑拉勒地区，聚集到他的旗下。在他们中最卑鄙的人阿布·塔希尔·盖拉米塔控制时期，他们干起了邪恶的勾当。当时，他控制着伊赫萨，在那里建起了一个天房以笼络人心，然后在饮驼日[1]那天进攻米纳和麦加，用剑杀害了三万多名朝觐者。他先杀害爬上天房罩幕的人，并对他们说：'你们不是说进了天房罩幕的人就安全了吗？'他边嘲笑着边屠杀朝觐者。他还砸碎了天房的下水管，敲打黑石，直至把它搬出来，运到伊赫萨，并喊道'我以真主的名义，创造万物，毁灭他们'。"

年轻人瞠目结舌地尖叫：

"真主啊，真主诅咒他，诅咒他的同伙！黑石后来是怎么回来的呢？"

长者答道：

"有人说是用一笔钱换回来的，也有人说是总督根据真主的命令威胁他，要对他宣战，迫使他把黑石交回来的。"

年轻人说：

"该死的盖拉米塔派！他们还有人吗？"

长者答道：

"在长达一个世纪的时间内，他们持续对抗哈里发，

[1] 伊历的十二月八日，也是穆斯林朝觐的首日。

直到被战争削弱，最后被鞑靼人完全消灭。”

年轻人说：

“赞美真主，真主拯救圣地免于他们的亵渎。”

朱布里说：

“但是我的孩子，来自东方和西方的像盖拉米塔人那样邪恶的人，一直企图破坏天房，他们的恶意不断被揭穿。”

长者说：

“朱布里，你说得对，是努尔丁·赞吉保护了黑石免遭他们的侵害。”

朱布里说：

“他们侵犯天房和朝觐者的企图绝不会轻易罢休，因此，我们愿意奉献一切保卫天房，这是我们的神圣使命，我们要不惜一切代价保卫天房和朝觐者。”

长者说：

“但是，这一使命不应仅仅属于部分穆斯林而无关其他穆斯林，麦加属于伊斯兰教和所有的穆斯林，不仅仅只属于那里的居民。”

朱布里以略带悲伤的语气说：

“但愿麦加谢里夫能认识到这一点！”

年轻人说：

“我们，还有达格米人、泰米姆人、也门人、埃及人、阿曼人、科尔曼人、土耳其人，我们必须联合起来保卫麦加，不能让盖拉米塔的子孙们再次回到麦加。”

朱布里欣慰地说：

“孩子，你说得对，这正是我们经常希望我们的兄弟们做的。”

他的话还没说完，侍卫进来，告诉他土耳其代表想见他。

一个男人随后走了进来，他身材高大，胡须修剪得很整齐，脸色白里透红。朱布里起身欢迎贵宾来访，土耳其人热情还礼，互相介绍和寒暄过后，双方谈起了有关组织朝觐者旅行并保护他们免受恶徒侵袭的相关事宜。

朱布里说：

“难道在来之前你就知道我们正在商谈此事？就好像你进来之前就听到了我们的谈话。”

土耳其人说：

“不，我的兄弟。不过，这是每个穆斯林在此时都牵挂的重要问题。我们该如何保护天房和朝觐者的安全，使他们免受伤害呢？”

朱布里说：

“我们准备了武器，武装了一支强大的军队来完成这项任务，以免像以前那样，发生伤害朝觐者的灾难性事件。”

土耳其人说：

“我们支持你们，麦加是我们在该地区优先关注的地方，尽管我们和麦加谢里夫有分歧，但天房的地位比任何分歧都重要。真希望麦加谢里夫也能这么做！”

朱布里说：

“祝福你们的努力，告诉你一个好消息，我们和达格米、也门、阿曼、霍尔木兹、埃及，以及其他部族的兄弟们，已全力做好准备。”

土耳其人说：

“我们相信真主和真主的佑助，就像真主保佑我们战胜蒙古人、罗马人、希腊人那样，真主一定会保佑我们战胜任何侵略者。”

朱布里和在场的人，包括那个土耳其人，畅所欲言，滔滔不绝。他们谈到了中国人访问祖法儿并提出了丝绸之路的倡议；谈到了埃及的有关情况；谈到了杰巴勒、卡迪夫；还谈到了塞浦路斯、欧洲、蒙古，以及它们内部之间的关系，它们与土耳其的关系，他们对帖哈麦、哈马丹、新月地带的居民、赛利姆人和塔贾利巴人的立场；他们还谈到了巴格达沦陷、摩洛哥、格拉纳达[1]人的状况。所有这些都可能从方方面面对其民族构成威胁，只

[1] 位于西班牙南部地区，历史上曾拥有灿烂的伊斯兰文明。

能依靠真主的力量加以解决，而分裂只能导致毁灭。

土耳其人在所有话题中都提到了蒙古人和帖木儿，把他们看作自己民族面临的最大威胁。蒙古人毁坏了哈里发的首府，让全世界都感到无比恐惧。

朱布里说：

“蒙古人狡猾、奸诈，所以才占领了这么多民族和国家。他们的真正力量在于狡诈，而不在于兵力和装备。力量是一种思想，投入敌人心中，使敌人变得软弱。你强大是你令对手误以为你强大，而不是你所拥有的真正实力。人们曾经以为蒙古是一个人口不计其数的民族，可以遮天蔽日。实际上并非如此，他们的人数比人们想象的少多了。我听说他们在马背上装上用茅草和木头做成的假人，然后把马群放出来，人们见了以后，以为是骑兵。这样，军队就伪装成实际兵力的数倍。”

土耳其人笑着说：

“毫无疑问，这是一个聪明的伎俩！用吓唬鸟的茅草人来吓唬人！”

土耳其人的笑声和话语引得大家都笑了。

长者说：

“你们知道吗，在先知时期，穆斯林军队不战而胜。敌人看到穆斯林军队用刷牙棒刷牙，以为在磨牙准备吃他们，吓得逃跑了。”

大家听了都忍俊不禁。朱布里说：

“茅草是一种比剑还要锋利的武器！”

长者说：

“相信信仰的力量，坚信真主的护佑，坚持正义的立场，就可以把你手中的茅草变成比铁制利器还要锋利的武器。”

土耳其人说：

“你说得对，前辈。我们是正义的，我们捍卫正义，我们呼吁正义。”

朱布里说：

“我听说中国的沙姆苏丁经常说这句话，‘我们是和平之师，我们呼吁和平’。土耳其人呼吁正义，中国人呼吁和平，是世界之幸。你们都是为了和平才来到阿拉伯土地的。阿拉伯土地是正义之地、和平之地！”

听了朱布里的话，大家都笑了。这是欣慰的笑声，充满希望的笑声。

（八）

骑着阿拉伯纯种马和骆驼，达吉曼和他兄弟达格曼带领部分人来到福韦里特。他们点起篝火，挂上祭品，四处飘散着咖啡的香气，洋溢着喜庆的气氛。

衣服、珍珠、珊瑚、沉香和香料分发给了人们，骆驼和马匹分发给了诗人和文学家。福韦里特就像一座新的巴格达城，一片祥和富足。

各个部族的商人陆续来到熙熙攘攘的市场。哈利德人没有商铺经商，欧麦伊尔就专门为他们开辟了一个地毯市场。伊本·达吉曼从伊拉克和沙姆地区弄回来了卡塔尔骆驼，并为它们建起了新的围栏。这些希拉骆驼、达瓦希尔骆驼和马拉骆驼曾是他们的骄傲。

这是福韦里特最繁荣、最富有的一个时期，过去可没有这样的人力和经济要素。更重要的是他们拥有了相信达格米价值的意志，相信他们自己有能力创造现实的意志。他们把自己从企图控制他们、盗窃他们财富的各种势力的压迫中解放出来。这一切都得益于福韦里特的埃米尔，不论遭遇怎样的压力和挑战，他都坚信力量，坚持原则。

达格米在这个地区的各个领域都有了相当强的实力，所以当伊赫萨的朱布里不与他们商议，就用朱布里的一个妻子的名字将一条通向福韦里特的新路命名为萨勒瓦路时，达格米得知后很气愤，于是就有了达格米湾和达格米通道，他们还把波斯湾改成了福韦里特湾。阿米尔重建了阿巴斯人修建的马鲁卜宫。这个时代是福韦里特的时代！

和平到来，人们尝到了安全和繁荣的甜蜜，纷纷从哈马丹、帖哈麦、扎赫兰、克尔曼、伊布林、伊赫萨、土耳其、阿法尔、希尔、波斯和伊拉克等地来到福韦里特。

福韦里特的繁荣鼓舞了阿米尔，他想建造在国外经商时见过的塔楼。阿米尔经营的卡塔尔珍珠声名远扬，已经远销中国、印度、巴基斯坦、波斯、欧洲、埃及、摩洛哥等国家和地区，生意兴隆，财富不断增加。他决定效仿在经商途中见过的那些国家，从亲朋好友那里获取经验，建设好自己的国家。

伊本·卡费闪有一段时间跟销声匿迹了似的，这对地区形势的稳定大有好处。这个该死的家伙一向支持动乱，此时开始平静下来。本地区内部各地之间，各地与库尔德人、摩洛哥人、安达卢西亚人、塔贾利巴人、凯鲁万人之间的贸易往来和有效合作活跃起来，埃及和沙姆地区的能工巧匠纷至沓来。在达格米人的土地、福韦里特的土地上，科学家受到欢迎和重视，促进了本地区科学和文化生活的繁荣。

阿米尔成立了和解和契约委员会，讨论地区内部事务、福韦里特和周边国家的关系。他们还成立了规模最大的伊斯兰基金，人人都可以参与进来，为朝觐季提供支持。

阿米尔还想方设法在福韦里特市场购买、储备各种武器和宝剑。走在福韦里特市场，你会看到来自阿法尔、蒙古、印度、信德、马克兰等地的刀剑，甚至还有罗马剑，这里汇聚了世界各国的各种武器。

阿米尔和阿拉尔同沙姆苏丁缔结了贸易协定。根据协定，沙姆苏丁帮助达格米人建立第一支类似于中国船队的航海船队，换取他们四分之一的珍珠。

这些繁荣景象使福韦里特成了弱者的天房和无家可归者的避难所。这里有人类避难和权利帮助法，哪怕是杀人犯，只要按照当地的习俗前来投降并供认罪行，也可以得到庇护。当地习俗不主张复仇，只要杀人者投降，他们就会把剑插回剑鞘。

前所未有的繁荣使国家富裕，人民安康，贸易兴隆，科学发展。达格米人收藏了世界各地的图书，其中有幸免于火灾的巴格达智慧宫的图书。赞坦总督伊本·齐亚达赠送给他们一万册图书，格拉纳达的艾哈马尔家族从伊比利亚岛藏书中拿出两千册赠予他们。

福韦里特成了珍珠贸易商、科学和文学爱好者和逃难来的弱者的天堂，他们在福韦里特找到了被欺压者的天房和弱者的避难所。

福韦里特部族一派祥和气象，这种氛围也影响着邻国，达格米人决定为去天房朝觐的人提供路途所需的衣物和食品。

（九）

阿米尔知道他和他父亲达格米为福韦里特造就的繁荣和安全意义重大，但要保护已取得的成果，任务更艰巨，情况也更复杂。他时常感觉责任重大，使命艰巨，来自国内外的种种挑战让他感觉肩上的担子沉重，令他无暇顾及其他事务。

他有一个习惯，每当遇到麻烦事，感觉烦闷和忧虑时，他就会骑上骆驼深入大山或沙漠里寻找猎鹰。此刻，他又来到旷野观察猎鹰。他举目远眺，看到猎鹰在空中翱翔，那样坚定，那样高傲，令他觉得信心倍增、胸怀开阔，仿佛自己也身处云端，在用猎鹰的眼睛俯视世界。原来让他忧心忡忡的事情变成小事一桩，他感到一切难题都不足为惧，克服任何障碍都似乎变得轻而易举。

对他来说，猎鹰就是崇高的象征，是完美的代名词。同时，它也是友谊的使者，将友谊传递给他在波斯、科尔曼、土耳其和印度的盟友们。

他回到帐篷，独自陷入沉思。突然，外面一阵喧哗。一名侍卫走进来，手里牵着一个被捆绑的男人，那个男人肩上还扛着一个人。侍卫把那个男人推到阿米尔面前，男人摔倒在地，肩上扛着的那个人也摔了下来。阿米尔站起来，奇怪地问道：

“怎么回事？他俩是什么人？”

侍卫说：

“我的主人，他们是欧洲人安插在这里的眼线。”

阿米尔问：

“你是怎么抓住他们的？”

侍卫说：

“我正在山上执行巡逻侦察任务，突然听到陌生语言的交谈声，原来是这两个人在一个山洞里说话。我放慢脚步，悄悄来到他们藏匿的洞口探听。我看到了他们，从他们的语言、外表和佩带的武器看，他们是欧洲人。

我一动不动地待在洞口等待时机。时机一到，我就用剑柄砸向一个人的后脑勺，将他砸昏。随后又用剑刺向另一个人，没等他来得及抽剑与我打斗，我就打掉了他手中的剑。他只能赤手空拳面对我的利剑，然后他突然跪在地上，央求我不要杀他。”

阿米尔的目光落在躺在他脚下的欧洲俘虏身上，还有他那个昏迷的同伴。阿米尔想起几年前父亲和舅舅给他讲述的在开罗举行的重大活动，庆祝马穆鲁克王朝苏丹艾什拉弗·巴尔塞巴消灭塞浦路斯士兵。塞浦路斯国王来到马穆鲁克王朝苏丹面前，跪在地上，痛哭流涕，请求宽恕。

他想起当父亲和舅舅给他讲述这个故事的时候，他们被那光荣的时刻感动得热泪盈眶……

这时，俘虏的呻吟声把他从回忆中惊醒。一个俘虏低着头，另一个则躺在他边上，一动也不动。

抓住两个俘虏的消息不胫而走，阿拉尔知道消息后也赶来了。

阿拉尔说：

“这两个俘虏预示着危险即将到来。”

阿米尔说：

“应该说来自西方和东方的危险从没有间断过。”

阿拉尔问道：

“阿米尔，你想说什么？”

阿米尔说：

“你知道我们从俘虏身上搜出了什么吗？”

阿拉尔急切地问道：

“什么？”

阿米尔答道：

“我们搜出了这封信。”

阿米尔拿出一封折叠好的信，给他弟弟看，然后说道：

“这是一封欧洲军队指挥官写的信，信里要求精确描述福韦里特的海岸线，找到能供他们的船舶停靠，同时又不会碰触岸边礁石的地方。你知道这封信是写给谁的吗？”

阿拉尔听得眼冒金星，问道：

“那一定是写给阿拉伯半岛最险恶的人的，是写给伊本·卡费闪的。除了他，谁还会愿意做这种肮脏的事呢？”

阿米尔答道：

“你说对了，我的弟弟！不瞒你说，我真的感觉危险压境，让人不寒而栗呀！财富、恩赐为我们带来了快乐与幸福，同时也招来了嫉妒者和不怀好意之人的邪恶。”

阿拉尔气愤地说：

“伊本·卡费闪真该挨千刀，再也没有比他更邪恶的人了！”

阿米尔也说：

“伊本·卡费闪是东西方觊觎我们财富的野心家的走狗！”

阿拉尔说：

“是的，谚语说得好，‘树大招风，名高引谤’。信赖真主、依靠真主是我们的出路，是针对阴谋的解毒药。”

阿米尔说：

“你说得对。我们要找准原因，做好准备，警惕阴谋，从根本上解决问题。我们一定要谨慎从事。至高无上的真主救助我们粉碎了阴谋，为我们揭示了真相，这样我们就可以做好一切准备，不让敌人有机可乘。真主说过：‘你们应当为他们而准备你们所能准备的武力和战马，你们借此威胁真主的敌人和你们的敌人，以及他们以外的别的敌人，你们不认识那些敌人，真主却认识他们。'（8：60）伊斯兰教的先知也说过：'你们要理智，你们要信赖真主。'正是出于这些原因，我们开始建造瞭望塔，完成了达格米船队建设第一阶段的工作，改进武器也在持续进行中。"

阿拉尔说：

"感谢真主赐予我们天然屏障，福韦里特海岸地形崎岖，船只很难停泊，可以帮助我们抵御来自海上的威胁。"

阿米尔说：

"但愿真主在陆地上也保佑我们！"

阿拉尔说：

"广袤的沙漠，还有兄弟们、同胞们都能保护我们，我们和他们之间有着友好情谊和兄弟盟约。"

阿米尔说：

"友好情谊和兄弟盟约……友好情谊和兄弟盟约……"

他重复两次，好像要说服自己什么。

阿拉尔说：

"我们和兄弟同胞缔结的盟约并不妨碍我们和其他朋友签订友好盟约，我们还可以和土耳其人、波斯人、西西里人、艾哈马尔人，当然还有我们的中国朋友缔结盟约。"

阿米尔说：

“中国的丝绸之路倡议有望给各部族带来财富，各部族首领将开会商讨加入该倡议。也许可以利用这个时机，缔结联盟，保护丝绸之路倡议。保护商路，也保护我们的海岸免遭西方人的侵略，使之成为每位思考这个问题的人最坚实的保护伞。”

阿拉尔说：

“是的，丝绸之路倡议使我明白了沙姆苏丁为什么经常说，‘我们是和平的倡导者’，丝绸之路是各民族间的和平之路，它不仅给所有人带来福祉，还可以防止冲突和战争。”

阿米尔说：

“但是，也有人胸中只有憎恶与仇恨，企图独占一切。因此，必须联合起来反对他们，不能让他们侵犯任何一个爱好和平的国家。为此，我将着手建立达格米联盟。我已经和马纳希尔总督伊本·马尼阿·达格米、达瓦希尔总督伊本·巴德兰、贾拉勒、贾比尔、哈马丹和帖哈麦谈过此事，我们一起建立联盟，并用我们的鲜血捍卫联盟。”

阿拉尔说：

“我们还可以把保护朝觐季安全的话题纳入联盟讨论的议题，这样就赋予了联盟精神层面的高度，那些愿意为了丝绸之路潜在的商业利益加入联盟的人，他们的热情也会更加高涨。”

阿米尔说：

“阿拉尔，你说得对！首先是朱布里的军队和土耳其人的军队，保护朝觐季的安全是他们的要务。”

阿拉尔说：

“不，这应该是世界上所有穆斯林军队的要务。”

第二天，阿米尔又来到山上。不过，这一次阿拉尔和他的侍从也来了，他们骑着乌黑油亮的纯种马，游走在大山中。突然，他们听到从山坡上传来一个声音。

阿米尔把手指放在双唇上，示意大家不要出声，以便听清声音的源头。阿拉尔在他身后压低声音说道：

“看来我们今天会抓到新的猎物。”

然而，当他们两人悄悄走近声音发出的地方时，却看到一个阿拉伯人长相的年轻人，正用铁锹在岩石间挖着什么。

阿米尔说：

“他在寻找埋藏在这里的财宝。”

阿拉尔说：

“不，我觉得他想把什么东西藏在石头堆里”。

阿拉尔突然打破寂静，大声喊道：

“年轻人，你干什么呢？”

年轻人显得很恐慌，张口结舌地不知道说什么好。等走近一看，发现他年龄不会超过二十岁。年轻人被这突如其来的喊声吓得慌乱不已。

阿米尔问他：

“你是哈姆丹人？”

年轻人镇静下来，回答道：

“是的，我是哈姆丹的达吉曼人。”

阿米尔说：

“所以你在挖地，你的部族以挖井而著称。”

年轻人说：

“是的，我来这里挖一口井，献给我父亲的灵魂。”

阿拉尔说：

“我们还以为你在寻找掩埋的宝藏呢。”

阿米尔说：

“原来你是在大地上积攒善行。先知曾说过：‘最好的施舍是浇水’。愿真主接受你。但是，孩子，要有宽大胸怀，把它献给整个伊斯兰民族，请求真主保护所有伊斯兰国家免遭东方和西方的疯子的伤害。”

年轻人说：

“天啊，今天我是最幸运的人，我是为了真主而出来施舍的，结果还荣幸地遇到了阿拉伯半岛上青年人的典范阿米尔和阿拉尔，让我们一边品尝小羚羊肉，一边夜谈，庆祝与你们两位的相遇。”

阿米尔说：

“太棒了，这只小羚羊是你的猎物？也许下次你就能抓到大羚羊了。”

阿拉尔说：

“小羚羊肉比大羚羊肉好吃，所以，诗人经常在诗歌中提到小羚羊，作为情人之间表达爱意的礼物。达吉曼人，你太热情了！”

年轻人说：

“你们二位的到来让我备感荣幸，连天使都缓缓飞下来和我们一起夜谈。魔鬼们都逃跑了，他们说，‘这儿没有我们的立足之地’。”

年轻人的自然流露引得大家都笑起来。大家兴致勃勃地谈起了大山、山里人，还谈到了国家面临的危险。这时，年轻人突然抽出配剑反复吟诵：

“恶魔若敢出现，我们的宝剑就会出鞘！”

阿米尔说：

“真主祝福年轻人的热情。先知曾说过：‘我因年轻人获得胜利！’”

阿拉尔说：

“别激动，达吉曼兄弟，坐下来，先喝点儿也门的咖啡，尝尝哈撒维的椰枣，你刚才的样子可真像头狼！”

达吉曼人笑着说：

“不，我是捕狼的猎手。你知道吗，我不忍心捉小狼，就给成年狼下诱饵，等它们落入圈套，就捉住它们！”

阿米尔和阿拉尔笑了，对达吉曼人的热情和勇气大加赞赏。

年轻人还在滔滔不绝地描述着他的英雄冒险行为，但他的两位客人抵挡不住睡意来袭，昏昏欲睡。山里微风飘来，送他们进入了梦乡。

达吉曼人问：

“你们的中国朋友怎么样？他真的叫沙姆苏丁吗？”

他的问话传入两人的耳朵，但梦乡的幕帘挡住了他们的双眼。两人抵挡不住睡意，沉沉睡去。他们的鼾声，混合着远处传来的狼嚎声，构成了神奇的合奏。

（十）

拜访完朱布里，安排好一切事情后，沙姆苏丁在哈拉维和达格米的陪同下前往麦加朝拜天房。

沙姆苏丁和他的伙伴们乘船来到了吉达港。这时，沙姆苏丁的翻译问哈拉维：

“‘吉达’一词是‘祖母’或者‘外祖母’的意思吗？”

哈拉维回答说：

“是的。”

沙姆苏丁问：

“这座城市为什么叫这么个名字呢？”

哈拉维回答说：

“那是因为人们相信，人类的始祖母哈娃就埋葬在那里，从那里可以到达麦加。麦加有一座山叫阿拉法山，据说，那是我们的始祖父阿丹和始祖母哈娃从天堂降临后相遇的地方，那是一个承载着人类历史的地方。”

沙姆苏丁说：

“所以，这座港口应纳入丝绸之路。它是一条祝福和神圣的道路，真主在《古兰经》中曾提到过这条路。”

达格米说：

“汉志的所有土地都是吉祥的，这是地球上最纯洁的地方。”

从吉达到麦加的陆路非常难走，特别是对于沙姆苏丁来说，他既不习惯走崎岖的沙漠山路，也不习惯这里与家乡完全不同的气候，但他发现这是向哈拉维和达格米了解情况的绝佳机会，哈拉维知识渊博，达格米雄辩、健谈。

他们终于来到了麦加，谢里夫和他的儿子以及他们的亲信、一些大商人和达官显贵们正在那里迎候他们。

一起参加迎接的还有满喇加[1]苏丹巴萨。他是搭乘沙

[1] 今马来西亚。

姆苏丁船队的船只，从阿曼过红海直接抵达麦加的。他与沙姆苏丁有着牢固的友谊，因为沙姆苏丁曾帮助他平定国内事务。满喇加是中国的忠实盟友，在反抗蒙古人的战争中，他站在了中国这边。中国皇帝和满喇加苏丹也经常互赠礼品。

当满喇加王国因利益、种族冲突和意识形态分歧遭遇动乱的时候，中国也为满喇加苏丹提供过支持。

中国皇帝把此事交给沙姆苏丁去处理。沙姆苏丁通过在各岛屿和各省之间合理分配财富，平息了满喇加的动乱。此外，沙姆苏丁的船队还镇压了挑唆全国动乱的武装集团，消灭了海盗，保证了交通路线的安全。他们还抑制了市场物价的上涨，从此，满喇加市场到处都是中国货物，看起来像个小中国。

海盗祸患被平定之后，满喇加人夺回了被海盗抢夺走的四十公斤黄金。沙姆苏丁还处置了挑起动乱的教派人士，有佛教徒，也有穆斯林，他们在各岛屿首领间煽动冲突，影响很大。暴乱头目被消灭后，在佛教徒和穆斯林之间出现了宗教和派别多样化、宽容与积极合作并存的局面。

为了加强这一和平友好的氛围，沙姆苏丁促成了满喇加苏丹和曾经与他斗争最激烈的一位苏丹和亲，以此巩固政治联盟。

这些举措巩固了巴萨苏丹和沙姆苏丁之间的友谊，沙姆苏丁在满喇加王国也因此拥有了崇高的地位。为此，满喇加人建起一座城市，以他的名字“郑和”命名，还在那里建起了一个裁决、处理各岛屿间分歧的中心。

然而，满喇加苏丹对沙姆苏丁还有一个请求，即如果沙姆苏丁的船队去麦加，那他也要一同前往。所以，在决定访问阿拉伯半岛后，沙姆苏丁马上想起了与满喇加苏丹的约定，现在是兑现承诺的时候了。他们两人距离天房只有几步之遥，但在沙姆苏丁看来，却仿佛相隔数千里，因为这是他终生期盼的拜谒。他的父亲马哈只向他描述的天房的样子，经常浮现在他脑海里，仿佛遥不可及。但他坚信，不论多久，他一定会实现这个梦想。每当遇到他爱戴的人，他都会提起此事。离实现梦想——朝拜天房的时刻越接近，他就越是浮想联翩。

记得有一天，他向皇宫里他唯一叫姐姐的宋莲芯说起自己的这个梦想时，他说他梦想像父亲一样去麦加朝觐，从麦加回来的人会单纯得像新生的婴儿，没有任何烦恼，纯洁得仿佛天使一般。宋姑娘听着他的话，两眼闪着光，就像生活在天外美丽的梦境里。一个名叫刘业的仆人误认为他们俩在谈恋爱，便向当时还是王爷的朱棣告发此事。要不是特别喜欢沙姆苏丁，将他视如己出的高僧姚广孝说情，他定会受到严厉的处罚。

他还记得自己和当时还是王爷的朱棣曾经进行的亲密交谈，朱棣问起他的家庭情况，他提到父亲曾去过麦加这件要事。

王爷问他：

“你也想去麦加吗？”

郑和的眼睛里闪着光，激动地回答道：

“这是我一生的梦想。”

在到达天房前的几分钟，所有的记忆都浮上脑海，这些记忆在沙姆苏丁的心中已珍藏多年。当终于见到天房的那一刻，他感觉周围的一切人和物都不复存在了。

周围的人都注意到了他的异样，但他好像对他们的谈话充耳不闻。沙姆苏丁此刻只能听到自己的心跳声，听到心中有一个声音在说：“我来了！真主啊，我来了！”他感觉自从那一次军队攻进云南，他和很多亲戚的孩子被五花大绑带走后，他就迷失了自己。在多年的迷失后，他又再次发现了自己的真心。那一天，他不知道到底发生了什么，也不知道为什么会发生那一切！是什么让他与父亲、母亲和其他家人分开从而改变了自己的一生？那些官兵为什么对着他大声吼叫，无情地推搡他？他没有犯下任何罪过，可为什么还要遭受那样野蛮的惩罚？

从噩梦中醒来后，有一天他想逃跑，但落在了铁平将军的士兵手里。铁平将军用鞭子残忍地抽打他，把他的双手绑在马尾巴上。马拖着瘦小的他飞跑起来，头部与地面的每一次撞击，都差点是他生命的终结。最后，是一块黑色的石头挽救了他的生命。马被黑色石头绊倒，摔倒在地，而他还被绑在马尾巴上。

“我用感激的目光看了一眼地上的黑石，此前，我的眼睛看到的是死亡之门，是这块黑石使我获得重生。不知道为什么，我突然想起父亲曾对我说过，他亲吻过麦加的黑石。于是我也想亲吻这块搭救我性命的黑石，但我动弹不得。

“铁平将军认为他没能杀死我是天意，于是对我说：

‘将来有一天你会成为皇帝的士兵。’

“我用微弱的声音回答，不知他能否听到：

‘我会成为他们的统帅。’”

那一天，他感觉自己先是一棵被残忍地连根拔起的植物，而在那一刻，又被重新插回到大地。他就这样对黑石诉说着深藏在心底几十年的思念。

他在天房四周绕行，就像孩子倚靠在分开多年的母亲的怀抱中。

他抚摸着天房的罩幕，顿时泪流满面。这泪水洗刷着过去的痛苦，洗刷着他在无情岁月的魔爪下承受的一切。此情此景无不令人动容，所有在场的人都流下了眼泪。

达格米想过去安慰他，哈拉维制止了他，说道：

“在一个人发现了自己的那一刻，他就是通透的，任何一个不速之客的一句话或一个眼神，都会是一种伤害。”

沙姆苏丁从不曾想到，自己的灵魂能升华到那样的高度。在那一刻，他忘记了自己此行的使命，因为他正沉浸在与灵魂的交流中，这种交流为他带来了前所未有的平静。

（十一）

沙姆苏丁决定前往也门拜访也门总督，与他商议丝绸之路倡议。他的两位朋友达格米和哈拉维本打算陪他一同前往，但得到福韦里特发生新情况的消息后，他们必须返回福韦里特，与阿米尔和阿拉尔共同处理事务。

沙姆苏丁祝福他们此行一切顺利，并强调说，不论有什么需要，他都会全力支持。

三位朋友就这样暂时分别了，达格米和哈拉维返回福韦里特，沙姆苏丁前往也门。

当沙姆苏丁一行抵达也门时，也门总督扎菲尔·纳赛尔伊玛目前来迎接。他们来到伊玛目的宫殿，沙姆苏丁命令随从把送给伊玛目的贵重礼物卸下船。仆人们搬进去很多中国货物，有武器、火药、做工精美的瓷器、华贵的丝织品，还有一些珍稀动物，在场的人看了都感到很惊奇。

也门伊玛目感谢沙姆苏丁送来的这些特殊礼物，祝愿中国皇帝健康如意，并请沙姆苏丁转达他以及王国的子民对其盟友——伟大中国的敬意。

随后，两人举行了会谈。他们谈到了沙姆苏丁访问该地区取得的成就，谈到了伟大的中国船队的航程。船队从中国出发，直抵红海，甚至高原国家。

伊玛目问：

“什么是高原国家？”

沙姆苏丁说：

“那是我们到达的一片新土地，那里生活着我们过去不曾了解的民族和部族。我们从世界的另一端抵达他们那里，他们深感惊奇，以我的本名‘马和’命名了他们国家的一条大河。”

伊玛目问：

“‘马和’是你的本名？”

沙姆苏丁说：

“是的，皇帝给我改名为‘郑和’，以表彰我在支持他反抗前任皇帝的战争中对他的帮助，这个新名字在汉语中有着非同一般的象征意义。”

伊玛目问：

“‘沙姆苏丁’这个名字又是怎么回事呢？”

沙姆苏丁笑着说：

“那是我的伊斯兰名字，因为我生在穆斯林家庭。”

伊玛目说：

“中国文明真是博大精深，每天都让我有新的发现，就连名字，每个中国人都有好几个！”

沙姆苏丁笑着说：

“不，只有我有。”

伊玛目说：

“我相信中国的穆斯林至少有两个名字，一个是中国名字，一个是穆斯林名字。”

沙姆苏丁说：

“通常是这样，这是中国的传统。伊玛目，你们国家的情况怎么样？我看到一片繁荣景象，感谢真主！”

伊玛目说：

“感谢真主，赖苏利亚王国吉祥繁荣，每天有上千艘船来到这里，带来真主的仁爱。从苏拉山脉到沙漠边缘的广袤土地上，我们的孩子发自内心地喜欢学问，很多男孩和女孩不到五岁就能背诵《古兰经》全文和真主使者的圣训。所以，也许你会发现，很多不满七岁的孩子就成了讲演人，他们从十岁起就开始学习数学、家谱学、天文学及大地上的其他学科。”

沙姆苏丁说：

“好极了！你们为也门感到幸福，也门也因你们而幸福。愿真主祝福你们幸福绵长，祝福我们和你们的友谊长存，祝福整个地区像我们倡导的那样充满和平。我为在阿拉伯半岛看到的一切感到高兴，希望半岛所有国家都能加入中国的丝绸之路，共同创造福祉，维护和平安宁。丝绸之路旨在为所有人带来富裕和福祉，只有像伊本·卡费闪那样不想为他人带来福祉，不断在部族间挑起分裂和矛盾的人才会反对这个倡议。”

伊玛目的脸色变了，刚才温和的笑容消失了，取而代之的是满脸的愤怒。他说：

“真主诅咒这个人，他是我们国家动乱的罪魁祸首。物以类聚，人以群分，他只和像他一样无耻的人在一起，不要指望他能做什么好事。我们知道，很早以来他就策划封锁福韦里特，然后侵占它，伤害我们的达格米兄弟。我警告过他们，并请求我的盟友们，如果这个坏东西祸害达格米人，他们要和达格米人站在一起。”

沙姆苏丁说：

“真主祝福你们的努力，我们支持你们维护和平的一切行动。”

伊玛目的脸上又恢复了笑容，他靠近沙姆苏丁，与他耳语，好像要说什么重要事情，又怕旁边的人听到。

伊玛目说：

“我有一个请求，有些中国的穆斯林希望我能转告皇帝陛下，请求陛下允许他们行割礼。”

沙姆苏丁笑了，点头表示同意。

随后，伊玛目招呼他享用专门为他准备的午餐，请他品尝他从未喝过的咖啡。

两人笑着走向餐桌。

沙姆苏丁继续他的行程。他来到了亚丁，注意到这里有高大的堡垒、广阔的市场。居民种族多样，有阿拉伯人，也有非洲人。看来是繁荣的贸易活动吸引了很多人来到这里，并在这里安居乐业。

他还看到了妇女服装上的女性标志，男人们神情庄重、威严，不论停留还是行走，都在腋下夹着武器，连小孩都在模仿大人的模样。

这座城市富有神话色彩，他理解了为什么人们把它称作“阿拉伯之母”。

沙姆苏丁会见了埃米尔和当地的重要人士，跟在赖苏利亚王国时一样，在这里他受到了同样热情的接待，感受到了同样友好的情谊。他向他们提出了丝绸之路倡议，众人一致表示愿意加入。他还跟埃米尔说起了达格米在福韦里特筹备的确立丝绸之路倡议的会议，众人对此表现出高度的热情和诚挚的欢迎，都认为该倡议能为所有人带来福祉，都希望为此做出自己的努力。

沙姆苏丁信步来到亚丁古城，视察这里的商贸活动。

他发现这里的市场非常繁荣，于是信心百倍地认为，这里一定能够成为丝绸之路上最重要的驿站。他已下定决心，一定要把丝绸之路铺设到阿拉伯半岛地区。

沙姆苏丁很快就结束了他的亚丁之行，他决定直接前往福韦里特，跟他的达格米朋友们安排马上就要召开的确立丝绸之路倡议的会议，半岛所有的部族和国家都将参加此次会议，并确定加入丝绸之路倡议。

（十二）

达格米和哈拉维回到了福韦里特，见到了阿米尔、阿拉尔和达格米的所有首领，跟他们商议他们听到的关于两个间谍的事情，以及达格米人面临的迫在眉睫的危险。

哈拉维说：

“感谢真主，福韦里特人丁兴旺，各式商品种类繁多，琳琅满目。伊本·阿米拉，你真是好样的！你把福韦里特建设成了阿拉伯半岛的明珠。”

达格米说：

“不要用母亲的名字称呼男子汉，他叫阿米尔·达格米，是半岛的雄狮。”

哈拉维笑着说：

“别介意，达格米，他不是阿拉伯半岛的普通狮子，而是半岛无可争议的狮中之王。我叫他伊本·阿米拉，是因为他母亲的巨大功劳和良好品行，以这样的母亲的名字来称呼孩子，是孩子的荣耀。”

阿米尔说：

“你们不要为我的荣耀和身世争执了，我为父亲和母亲感到同样的自豪。达格米的女人比男人更让阿拉伯半岛骄傲，她们有良好的道德，为幸福奔走，为弱者疾呼。我母亲阿米拉是一些女性孤儿的监护人，这足以让她荣耀。在这些女童的婚礼上，她是她们慈祥的妈妈，用镶嵌着黄金和珍珠的面纱装扮她们。”

哈拉维说：

“正是因为她，达格米面纱才得以风行，成为全世界女人的心爱之物。无论在沙漠还是在都市，大家都喜欢戴达格米面纱。在沙漠地区，达格米面纱更成了男人必须为他的新娘准备的礼物。”

达格米说：

“因此，欧洲诸王国对福韦里特垂涎三尺。无与伦比的卡塔尔珍珠令他们觊觎，他们想控制并占有它，用福韦里特黑色和银色的珍珠装饰他们女人的脖颈。因为他们看到威尔士王子亨利的夫人在胸前佩戴着这种珍珠，在其他女人面前显得更加高贵。”

哈拉维说：

“我们受够了伊本·卡费闪的邪恶，是他唆使他们这么做的。他唆使他的欧洲盟友控制福韦里特，以便插手这里的珍珠资源。”

阿米尔说：

“这个恶魔！我们必须找出他参与周围发生的所有阴谋和罪恶的证据，在得到他背信弃义的证据前，我总会把他往好处想。”

达格米说：

“自从我们支持扎米勒·朱布里向伊本·卡费闪的盟友、罪恶的盖拉米塔残余杰尔瓦尼人开战后，他心里就充满了嫉妒和仇恨。我们达格米人帮助朱布里消灭他们，这对消除阿拉伯半岛的腐败起到了关键作用。”

阿拉尔说：

“我不明白，这个人为什么总是与和平为敌，四处制造冲突，威胁爱好和平的人们！他总是与罪犯、各类极端分子和制造恐怖的人结盟。”

阿米尔说：

“这个人没有宗教信仰，他的欲望就是他的宗教。真主说：‘你告诉我吧！以私欲为主宰的人，真主使他明知故违地迷误，并封闭他的耳和心，在他的眼上加翳膜；真主使他迷误之后，谁还能引导他呢？难道你们不觉悟吗？’（45：23）”

达格米说：

“阿米尔，你说得对。他是金钱的奴隶，嫉妒吞噬了他的良知。他嫉妒福韦里特最漂亮、最优质的珍珠，国王的王冠都用它镶嵌，东起亚洲、西到欧洲的王国都竞相购买。”

哈拉维说：

“对嫉妒的罪恶当忍耐，

你的忍耐是嫉妒的杀手。

火焰如果找不到可以吞噬的东西，

它们就会互相吞噬。”

阿米尔说：

“但是，我们对他的忍耐可能会使他变本加厉，只有宝剑才能消除他头脑中的幻想和迷误。”

哈拉维说：

“阿米尔，能让他‘药到病除’的人非你莫属！你的议事厅里装饰着倭马亚哈里发的剑、帖木儿的匕首、也门总督的剑、阿法尔总督的指挥刀、萨拉丁的剑、努尔丁的剑以及卡塔尔·本·法贾的宝剑。”

达格米说：

“哈拉维，你真厉害，对各种阿拉伯宝剑的名称如数家珍啊！”

哈拉维说：

“我知道的还不全，阿拉伯宝剑有三百多个名称呢！”

达格米笑着说：

“这个话题还是吃完午饭再谈吧，否则，不等你说完宝剑的名称，我们就被饥饿之剑杀死了。”

大家都笑起来，起身去吃午饭了。

（十三）

午饭过后，他们静静地围坐在咖啡桌旁喝咖啡，阿米尔的母亲阿米拉来找达格米，她说：

“我们能拥有吉祥，拥有明君，这是真主对我们的恩赐，感谢真主供养无数的人！你们要是感谢真主，真主会更加照顾你们！感谢真主的仁慈，同时也不要忘记臣民的权利，不要忘记为天房盖罩幕、为朝觐者提供衣食。要知道，真主对你们仁慈，养育你们，不要忽视他对你们的仁慈。”

哈拉维说：

“达格米，现在你知道我为什么叫阿米尔为伊本·阿米拉了吧！谁会不为自己有这样的母亲感到荣幸呢？”

达格米说：

“阿米拉，你说得对。我们向真主保证，只要我们活着，我们就不会偏离这条正确的道路。”

阿米拉说：

“你知道今天天亮前我梦见什么了吗？”

阿米尔说：

“阿米尔母亲的梦境一定像旭日东升。”

阿米拉说：

“我梦见自己手里捧着一群白色的小鸡，毛色雪白耀眼，它们在我手中跳跃着。我仿佛看到它们细细的嘴边挂着微笑，突然，一只长脖子黑鸟从最西边飞来，向小鸡扑去，想把它们抓走。这时，我儿子阿米尔快步向我跑来，正当黑鸟张开爪子伸向无辜的小鸡时，阿米尔把一个碗砸到黑鸟的头上。黑鸟摇摇晃晃，差点坠地，然后灰溜溜地飞走了。”

哈拉维说：

“真主伟大！多么伟大的梦啊！我们知道邪恶来自最西边，他们想夺走真主在无边无际的大海中赐予我们的财富。至于那个碗，是一种善行。得益于这种善行，真主将保护我们免受来自东方和西方的敌人的伤害。”

阿米拉说：

“因此，你们要知道，你们做的善事是你们的利器，一定不要丢掉它。”

阿米尔站起来，亲吻了母亲的额头。随后，大家离开，继续去准备要赠送给朝觐者的衣服和布施。

第二章

倡　议

（一）

达格米人召集各部族，商议建立由他们发起的联盟，促成整个地区一同参与中国的丝绸之路倡议，并商议如何保障朝觐路途和朝觐者的安全，建议成立共同防务，同时保护地区的宗教和世俗利益。

除伊本·卡费闪及其盟友，以及麦加谢里夫的儿子外，达格米人的积极提议得到了本地区其他绝大多数部族的支持，达格米人继续安排部族集会，设立朝觐基金。基金得到了同意加入联盟的所有部族的支持，这些部族都尽其所能，支持总部设立在福韦里特的基金。

麦加谢里夫的儿子一得到这些消息，脸上立刻布满对达格米人的怨恨，他像疯了一样暴跳如雷，随后立即去见他阴险的同谋，把这些消息都告诉了他的同谋。

伊本·卡费闪说：

“你好，伊本·谢里夫。”

麦加谢里夫的儿子说：

“你好，亲爱的朋友，我共同对敌的盟友。”

伊本·卡费闪说：

“直接说达格米人吧，只有他们才是我们的敌人，他们想破坏我们的贸易，霸占阿拉伯半岛！他们想邀请所有部族参加由他们掌控的商路，他们想像国王那样，掌控麦加和麦加事务！”

麦加谢里夫的儿子说：

“去他们的，这些傲慢的家伙。要是你见到他们召集各部族，像全世界的主人那样，跟其他部族解释新联盟和商路倡议的话，你也一定会像我一样给气炸了。他们太无耻了，竟然还派人来邀请我们参加他们的联盟，参加他们跟中国人一起组织的会议。”

伊本·卡费闪说：

“他们没有邀请我参加会议，就算他们邀请我，我也不会去的。但是我知道他们所有的消息，阿米尔请中国人帮助他组建远洋船队，修造城堡和瞭望塔，成立达格米联盟。他们还要跟中国人签署丝绸之路倡议，来替代我们与欧洲的朋友达成的联盟。此外，他们还建立了基金会，以控制麦加和天房罩幕。”

麦加谢里夫的儿子说：

“面对他们的所作所为，难道我们就袖手旁观、束手无策吗？一旦做成这一切，他们将会坐大，我们就无法控制他们了。”

伊本·卡费闪说：

“伊本·谢里夫，不用担心。我有一个计划，可以让他们的梦想变成泡影，让他们从睡梦中回到噩梦般的现实中。”

麦加谢里夫的儿子问道：

“什么计划？”

伊本·卡费闪答道：

“一个完整的计划。首先，我们要破坏达格米人的名誉，在阿拉伯人中散播，就说他们把手伸进麦加基金会，那些分发给朝觐者的卡塔尔衣服，是从基金会拿的钱，那是穆斯林们交的钱。所以他们是在赚钱，而不是在施舍！至于他们开始筹建的联盟，艾布·萨格率领游牧阿拉伯人联盟来找我了，纳吉兰首领伊德里斯派他来和我们建立联盟，共同对付达格米联盟。不论付出什么代价，我们都必须阻止福韦里特会议，不能让丝绸之路通到阿拉伯半岛。

“还有，我已经让我最忠实的亲信在各部族间挑起仇恨，一旦他们分裂，毫无疑问，他们的财产就是我们的了，那时，他们就得乖乖地听我们和我们西方盟友的了。这个计划已经开始见效，哈利德和伊赫萨的朱布里之间已经有了矛盾，土耳其人和波斯人开始毁坏哈亚兹的村庄，他们的骑兵在滥杀无辜。纳卜哈尼对王位和领袖职权失去了兴趣，决定迁移去非洲，去公道的国家。

“关于天房罩幕的问题，我们将在各部族间挑起冲突，让他们都争抢这一荣誉，直到达格米人竭力建起的联盟走向分裂，使他们送给纳卜哈尼人、霍尔木兹人、海达尔人、马迪德人和瓦赫卜人的黄金和珍珠，以及他们制作并分发给朝觐者的五万件衣服，全部失去作用。

“解决的办法就是动乱，动乱是我们的目标……”

麦加谢里夫的儿子认真地听着伊本·卡费闪讲话，但他不知道为什么他内心不停地、无意识地涌出一句无声的话：“动乱入睡了，真主诅咒唤醒它的人！”

伊本·卡费闪说：

“更重要的是，我已经和伊本·塞卜安达成一致，利用他和欧洲某些国王的关系以及他对他们的了解，诱使他们控制福韦里特，获取福韦里特的珍珠和其他财富。欧洲人唯一的障碍是不了解本地区的自然情况，需要为他们做介绍。我已经向他们提出由我来执行这项任务，我正等着他们的使者过来，把准备好的地图交给他们，帮助他们从海上占领福韦里特。”

麦加谢里夫的儿子说：

“看来你已准备好四面围剿达格米人了！”

伊本·卡费闪说：

“我跟你说过了，他们是我的敌人，是我唯一的敌人，我们势不两立。当务之急是阻止他们建立联盟，阻止他们跟中国人签订丝绸之路倡议。”

麦加谢里夫的儿子看着伊本·卡费闪的眼睛，这一刻不知道为什么，他感觉心里充满恐惧、不安，他不知道伊本·卡费闪是否还图谋了其他事。

（二）

伊本·卡费闪决定破坏达格米人为天房朝觐者准备的五万件衣服，并指派他的心腹萨格尔·阿亚尔安排此事。事后他们再向人们宣布，达格米人拿走了买衣服的钱，并没有像他们自己说的那样捐献衣服。不仅如此，他们还要欺骗穆斯林百姓，跟他们说达格米人没有给穆斯林们任何东西。

伊本·卡费闪问：

“你知道达格米人把他们为朝觐准备的物品和衣服藏到哪里了吗？”

萨格尔·阿亚尔说：

“我知道，先生！阿米尔把这些东西藏到了他修建的塔楼和城堡里，还安排了重兵看守。”

伊本·卡费闪说：

“在他们把这些东西运到麦加前，我们必须弄到手。”

萨格尔·阿亚尔说：

“人手我都准备好了，两天后，在没有月亮的漆黑夜，我们搞突袭，拿到我们想要的东西。”

伊本·卡费闪说：

“这件事对我关系重大，不允许有丝毫闪失。发动进攻时，我和你们一起去。”

萨格尔·阿亚尔说：

“但是，先生，你去会很危险，我不能让你有任何闪失。”

伊本·卡费闪说：

“我知道，但是，我必须亲自主持这一计划，你不知道这件事在我这里的分量。这个计划完成后，我还要制订其他计划，消灭达格米人。再说，我不会和你们一起进攻城堡，我在城下等着你们，等事情办完了，衣服到手了，我们就一起回来。然后我和你们一起去藏衣服的地方，那个地方只能我一人知道，事后我们必须干掉参与这件事的其他人，这样，这个地方就永远是你我之间的秘密了。”

萨格尔·阿亚尔问道：

“你指的是麦加谢里夫的儿子派来的人吗？所以，我是从山里的流浪汉和小偷中挑选出来的人，他们没有根，也没有家人，把他们杀了也不会有人关心。”

伊本·卡费闪答道：

“是的，他会派来十个人，领头的是他的一个指挥官，叫萨阿德·菲尔亚尼。”

萨格尔·阿亚尔问道：

“咱们在行动得手后把他的人干掉，不会激怒他吗？”

伊本·卡费闪答道：

“麦加谢里夫的儿子只在乎他个人的利益，在他眼里，只有能让他得利的人才是有价值的。那些人就是他留着干这种事的，等事情干完了，就可以把他们扔到垃圾筐里了。”

萨格尔·阿亚尔说：

“好，等他们和我们一起把衣服运到藏匿的地方，我们就让他们跟我们回来领工钱。在回到这里之前，有五十个我们的人会在半路上把他们干掉，不留任何痕迹。这样，所发生的一切就永远是你我之间的秘密了。先生，我是你忠实的仆人，是你忠实的守秘者。”

伊本·卡费闪拍了拍萨格尔·阿亚尔的肩膀，发出驴叫般的笑声，两只凸出的眼珠子迸射出邪恶的火焰。他不停地说：“我知道，萨格尔·阿亚尔。”

（三）

在漆黑的夜幕中，伊本·卡费闪和萨格尔·阿亚尔带着十个窃贼，向着达格米人的家园出发了。到达目的地后，他们一个接一个地潜入进去，来到了达格米兄弟存放朝觐衣服的城堡下。萨格尔·阿亚尔观察了一下城堡前的卫兵，发现是三个人，他猜测楼上也是三个人。

他带领伊本·谢里夫的六个人冲上去，拔出匕首杀死卫兵，然后快速冲向存放衣服的城堡的楼上。

楼上一个卫兵发现楼下情况不对，仔细一看，几个窃贼正往楼上爬，他们像魔鬼一样，眼里露出凶光，匕首滴着鲜血。

卫兵向他的弟兄们大喊一声，准备抵抗。当窃贼来到他们面前时，他们已做好了准备。双方展开了激烈的搏斗。

发现情况的第一个卫兵持剑砍向了第一个冲上来的窃贼，砍掉了他的头颅，鲜血就像从地底下喷涌而出的泉水一样四溅开来。他又一脚踢在第二个窃贼的肚子上，窃贼滚下楼梯，撞倒了另一个窃贼，两人一起滚了下去，一动不动。剩下的窃贼爬了上来，每两个人对付一个达格米卫兵，双方展开了搏斗。与此同时，萨格尔·阿亚尔带着一个窃贼跑向仓库去偷衣服。来到仓库后，他们发现朝觐衣服是装在木箱子里的，每个箱子里装着近一百件衣服。萨格尔·阿亚尔扛起一个箱子向城堡边跑去，企图把箱子扔到楼下，等楼下安定了再下楼把箱子运走。

伊本·卡费闪在楼下等着，听到楼上传来打斗声，他心中有些不安。他靠近楼下的城堡门，观察里面发生了什么。这时，萨格尔·阿亚尔在楼上举起箱子准备往下扔，看到伊本·卡费闪站在城堡脚下，想在扔箱子前提醒他闪开。然而，就在这时，一个达格米卫兵杀死了一个窃贼，尸体倒在双手举着箱子的萨格尔·阿亚尔背上，于是，他连人带箱子一起从城堡墙上摔了下去，砸在楼下站着的伊本·卡费闪头上，砸碎了他的头颅，三个人的血流在了一起。

城堡卫兵杀死了另两个窃贼，剩下的三人逃走了。

卫兵们在城堡上欢呼起来，他们不停地高呼，“真主保护我们的家园不受侵害”！他们的欢呼声打破了寂静，他们炯炯有神的目光、沾着窃贼鲜血的宝剑，刺破了漆黑的夜晚。人们从四面八方赶来，阿米尔、阿拉尔、哈拉维、达格米也来了。他们看到窃贼的尸体躺在地上，一动不动。他们还看到一个衣服箱子压在两具尸体上，边上还有第三具尸体。哈拉维认出了第一具尸体的面孔。

哈拉维说：

“这是萨格尔·阿亚尔，是伊本·卡费闪的人，罪有应得。”

阿米尔惊呼道：

“天啊，这是真的？你们看到了吗？这个被砸碎的脑袋是伊本·卡费闪的脑袋。这是他手指上的戒指！”

阿拉尔说：

“这正是我们的母亲阿米拉曾梦见过的情景！我不是跟你们说过吗，她的梦境如旭日东升。”

达格米说：

“赞美真主，真主为我们和阿拉伯半岛摆脱了他的丑恶和污秽，所以他死得最惨。”

哈拉维说：

“你们看到杀死他的武器了吗？是朝觐者的衣服，我们手中最锐利的武器就是行善事，服务天房。”大家你一言我一语地谈论着，城堡内的士兵扛着窃贼的尸体从城堡里走了出来。

阿拉尔说：

“你们看，你们知道这是谁的尸体吗？这是萨阿德·菲尔亚尼的尸体，是麦加谢里夫的儿子的酒肉朋友。看来麦加谢里夫的儿子也参与了这个阴谋。”

阿米尔说：

“‘真理已来临了，虚妄已消灭了；虚妄确是易灭的。’（17：81）这是福韦里特的自豪之夜、尊严之夜，真主保护她免受阴谋的伤害。‘他们用计谋，真主也用计谋，真主是最善于用计谋的。'（8：30）"

达格米说：

"这场阴谋为我们揭示了那些对我们心怀敌意的人有多么无耻，不过他们最终都自食其果。"

这是福韦里特难忘的夜晚，欢呼声一直此起彼伏，就像过宰牲节一样。人们感觉到拂晓的轻风拂面而来，每年的这个时候通常是没有风的。人们纷纷来到城堡，为天房朝觐者捐献更多的衣服和食物。阿米拉看着他们，脸上充满了满意与感激的微笑。

（四）

沙姆苏丁来到了福韦里特，他发现福韦里特就像新婚之夜的新娘，美艳动人，为迎接即将从阿拉伯半岛各地前来参加盛会的宾客们做好了细致的准备。达格米人呼吁大家为实现共同繁荣与安全同舟共济，参与中国的丝绸之路倡议，活跃阿拉伯半岛市场，同时保护麦加和其他圣地免遭危险。这一倡议得到了各部族的积极响应，他们纷纷宣布参加福韦里特会议，把倡议落到实处。

伊本·卡费闪被杀的消息传遍了整个半岛，甚至传到了沙姆苏丁的耳朵里。当时他正在前往福韦里特的路上，这一事件也成了他和达格米朋友们谈论的主要话题之一。

哈拉维说：

“沙姆苏丁，我们很想念你啊。”

沙姆苏丁说：

“我也很想念你们，想和你们好好聊聊，听听你们的好消息。”

达格米说话结结巴巴的，好像在脑子里猜谜语，他用中文说：

“你……好……”

沙姆苏丁微笑着回答道：

“‘你好’，你是怎么知道这句中文问候语的？”

达格米天真地笑起来，说道：

“是我请你的翻译哈桑教我的。”

大家都笑了。

沙姆苏丁说：

“看来大家都很高兴，也许是因为我们听到的好消息的缘故吧！”

哈拉维说：

“你不是常说，我们是和平的号召者吗？这个坏东西的下场正是地区内实现和平的开始，每一个爱好和平的人都为此感到高兴。”

沙姆苏丁说：

“哈拉维，你说得对，我正想基于这点和你们谈谈。”

达格米问道：

“沙姆苏丁，你要谈什么？”

沙姆苏丁答道：

“我们大家都知道，你们和麦加谢里夫之间之所以会有分歧，是因为伊本·卡费闪在中间起了很坏的作用，他挑起了你们之间的矛盾，还刻意让矛盾升级。伊本·卡费闪之死是一个契机，也许你们和解的机会来了，你们的关系会改善，麦加谢里夫也会愿意参加福韦里特会议。特别是如果我们都加入丝绸之路倡议，促进经济贸易关系的发展，大家就都能获益。丝绸之路的目标就是实现和平，共同富裕，人人幸福。麦加是所有穆斯林心目中的圣地，如果麦加谢里夫不参加会议，也许有人会据此解释为会议与麦加谢里夫作对，与麦加作对，这样就会引起很多与会者的反感。”

达格米说：

“你知道麦加在我们每一个穆斯林心中的分量，我们比谁都更珍惜它，珍惜我们与它的关系，这需要我们摒弃与麦加谢里夫的重大分歧，走向合作。”

阿拉尔说：

“但是，我们和他的分歧已然白热化，他儿子的双手沾染过三个达格米人的鲜血。他儿子派人来偷我们的衣服，破坏我们在阿拉伯人心目中的良好声誉，我们的人还惨死在他派来的罪犯的手中。”

阿米尔说：

“我们都知道，麦加谢里夫的儿子的罪行让每一个自由的达格米人寝食难安，他和伊本·卡费闪在背地里谋划的肮脏的背叛、卑劣的行径、无耻的阴谋让达格米人深感痛苦。但是，责任和理智需要我们为了实现共同利益，超越情感，让所有穆斯林响应丝绸之路倡议，团结一心。”

哈拉维说：

“你说得好极了，阿米尔！你让我每天都确信，福韦里特最昂贵的珍珠产自女性们的腹中。”

沙姆苏丁说：

“你们的话让我备感高兴！我就说达格米人会这么做的，因为你们有正统的阿拉伯传统和高尚的品德。那就给麦加谢里夫发邀请吧，在会议成功举办后，你们陪我去一趟非洲，然后回霍尔木兹，从那儿咱们一起出发去中国，你们说这样的安排好吗？”

达格米说：

“沙姆苏丁，你知道，陪着你是我们的荣幸。但愿这是实现我很久以来的旅游愿望的机会！”

沙姆苏丁问道：

“你想去哪里？”

达格米答道：

“去曼萨·穆萨统治的国家。”

沙姆苏丁问道：

“曼萨·穆萨统治的是哪个国家？”

哈拉维答道：

“这是一个很好的国家，是盛产盐和黄金的国家。路上我讲给你听。”

阿拉尔说：

“现在最重要的是会议，我们必须在代表团到达前把一切都安排妥当。”

（五）

代表团纷纷抵达福韦里特，最先到达的是扎非尔的埃米尔（又称“苏丹”），名叫伊本·塞威特，人们又称他穆拉德·帕夏·奥斯曼苏丹。他带来了很多人，都留着长长的辫子。随后到达的是朱布里代表团、祖法儿代表团、纳卜哈尼的代表、也门伊玛目的代表。来参加会议的还有萨哈米·卡萨卜和哈亚兹，他们带着庞大的队伍，包括军队；还有达吉曼、达吉姆和杜坎率领的狮子军；还有哈夏尼及其随从帖哈麦人、艾勒马人、阿希尔人、扎赫兰人、卡特凡人、纳吉兰人，由阿卜杜拉·艾希赫尔率领的阿法尔人，以及安巴尔人和泰米姆的卡法尔人。

一个庄严的场面，人声鼎沸，热情洋溢，熊熊燃烧的火把处处可见，熙攘的人流在会场涌动，歌声、话语声不绝于耳。隆重的场面彰显着此次会议事关重大、意义非凡。诗人不时吟诵诗句，更加激起了人们胸中的热情。大家高声赞叹着，挥舞着宝剑，划破夜空的幔帐，剑光闪烁，如同新婚之夜璀璨的星辰。人群中，哈拉维的吟诗声最为响亮：

“你好，你好，阿拉伯的火种，阿拉伯的精英！”

随后是达格米的声音：

“真主祝福这些靓丽的面孔！祈愿真主为阿拉伯半岛的所有国家带来吉祥和财富！”

会场热情洋溢，喜庆热烈。所有人都积极参与其中，那些不能来的部族首领，或派代表团参加，或写来贺信，表达对丝绸之路倡议的支持。埃及国王派大臣带着贺信前来参加会议，奥斯曼苏丹穆罕默德一世派其子穆拉德率领军队赶来，安达卢西亚艾哈马尔人派代表团前来，摩洛哥的马里昂人也来了。在盖拉米塔时期，黑拉勒人没有起到好作用，本不好意思参加，这次也来了，希望借此机会与不堪回首的过去告别。

这是一个摒弃前嫌的会议，大家为了一个共同的目标走到一起，这个目标就是为所有人实现富裕、安宁，保卫圣地麦加。每个人都为这一使命慷慨解囊，尽其所能贡献武器、钱财、装备和人员。前来参会的代表团还带来了各种他们引以为豪的本地动物。朱布里的儿子带来了猎豹，阿米尔和阿拉尔带来了他们的杰布勒狮子，马赫尔人带来了萨姆罕老虎，阿米尔的儿子带来了霍尔木兹苏丹之子送给他的大象。阿米尔的儿子还学会了怎样利用这头大象令人生畏的外形恐吓敌人，就像克尔曼人、印度人、锡兰人、孟加拉人做的那样，克尔曼的一名裁缝帮他驯服了这头大象。达瓦希尔人和伊布林人是步行来参加会议的，他们高喊：

“我们是骆驼的主人，我们的骆驼高大伟岸。

我们是骆驼的主人，我们的骆驼颈柔峰高。

我们是黑骆驼的主人，我们是阿拉伯人。”

他们敲着鼓，吹着笛，牵着纯种的黑骆驼，喜气洋洋地前来参加会议。

黑拉勒人队列整齐，他们边行进边表演从埃及学来的军事技能和掌控武器的能力。

现场弥漫着豆蔻和藏红花的味道，每个角落都有咖啡座，哈拉维亲自指派人为各部族首领和达官贵人备好咖啡。他一杯接一杯地为他们送上，还为喝得多的部族首领喝彩，还有谁比他更能胜任这项工作呢？他可是最著名的阿拉伯谱系学者，他对阿拉伯人的功勋和伟绩如数家珍！

穆斯林们从四面八方赶来了，他们语言各异，翻译们忙着翻译和解释。讨论和会谈话题多样，涉及武器的种类和特点，最新、最精确的地图以及国家和民族联盟，他们还谈到了历史问题。有人娓娓道来，有人则从中获取了经验教训。

这次会议像是文化庆典、部族的传统婚礼，更像军事科学座谈会、诗歌文学赛会！这是一切的集合体！这是一次为众人实现共同利益和安全的会议，是一次热爱麦加的会议。

会场就像盛装的新娘，欢迎各地的来宾。有史以来第一次，有这么多人相聚在阿拉伯海岸参加如此盛大的会议。哈拉维看了看周围的人，他从阿米尔的双眼中看到了这个场面在他心里激起的热情。他对阿米尔说：

“马赫莱卜和伊本·萨维的时代回来了，阿米尔！你看，所有人脸上都挂着满意的笑容。为了筹备这次会议，达格米人的首领们开会了解从伊斯兰世界各国赶来的客人们的需求。会议最后认为，这一天是吉日，会被载入达格米人的史册。他们还决定增加骑士的薪金，奖励每个新生儿一匹马，每个婴儿一头骆驼，每个老人一名仆人和每年一千个第纳尔。”

人们兴高采烈，为这个好消息欢呼。他们还决定对盟友开放卡塔尔海岸，因为他们认为海岸带来的福利不仅属于卡塔尔人，也是真主赐予所有崇拜它的仆人的。

达格米的声音在空中回响：

“我们为真主的仆人提供福利，只要他们在这块福地上，我们就要保护他们。”

达格米的话让每个听到的人都深感骄傲和自豪，人们纷纷向为了寻求安全、和平、合作而赶来的客人分发友谊的礼物。

哈拉维、达格米、阿米尔和阿拉尔拿出了卡塔尔服装，不停招呼着：“穿上先知曾经穿过的衣服吧！”他们还邀请人们来年参加福韦里特的庆祝活动以及文学比赛和学术对话。

每个人的嘴角都挂着笑容，口中溢满赞美之词，脸上容光焕发。但有一个人愁容满面，对眼前的所见所闻颇为不满，这个人就是麦加谢里夫。哈拉维、达格米和阿拉尔都注意到了。

阿拉尔说：

“你们看到麦加谢里夫了吗？他好像不高兴。”

达格米说：

“他怎么会高兴呢，所有人都不愿意理他，抗议他儿子犯下的罪行。他儿子却若无其事地站在他身边。”

阿拉尔说：

“他手上沾染着我们三条无辜生命的鲜血。”

阿米尔说：

“我不能和这个罪人握手，他的手上沾染了无辜生命的鲜血。”

哈拉维说：

“请你们无论如何都不要触怒他，这是各部族达成一致的日子，不谈论分歧和分裂。愿真主顺遂我们的心愿！”

阿拉尔说：

“愿真主使我们不再遭受破坏各部族和人民间关系的人的伤害，不再遭受在这片土地上恣意散布恶意的人的伤害。”

哈拉维说：

“愿真主引导大家，今天是为了所有人的利益而实现团结的一天，是麦加的一天，所以我们必须向麦加谢里夫发出邀请。”

阿米尔说：

“麦加是地球上最纯净的一块土地，它的领导人怎么会是这样的呢？”

达格米说：

“麦加是一块吉祥的土地，是一块福地，即便如此，也可能长出最扎人的荆棘、最毒的草！也会遭受夏天的酷热、冬天的严寒！”

阿拉尔说：

“是的！哈拉维，麦加崎岖的山地特征也算是一种恩赐吗？”说着，他脸上露出一丝奇怪的笑容。

哈拉维坚定地说：

“是的，阿拉尔，我可以说，麦加山路崎岖的自然特点不仅是它天然的保护屏障，而且是它重大而独特作用的标志，这是无与伦比的。”

达格米问：

“什么意思？”

哈拉维说：

“这是一个没有作物生长的山谷，这里生活很艰难，正如达格米所说，白天气候炎热，夜里寒气逼人。这些因素使人们对此地敬而远之，只有在真主的朋友易卜拉欣召唤人们去朝觐的时候，男人们才从四面八方赶去那里。这是任何其他地方都无法与之相提并论的！”

达格米说：

“哈拉维，你说得好。伟大的真主说：‘他以智慧赋予他所意欲的人；谁禀赋智慧，谁确已获得许多福利。’（2：269）”

阿拉尔脸上的讥笑消失了，他把目光投向了广袤的天际。

达格米看着在这个史诗般场景下聚集的人群，他看到沙姆苏丁容光焕发地穿梭在人群中，内心的欢愉自然地洋溢在他的脸上，流淌在他开怀的笑声中。自认识他以来，达格米还是第一次听到他这么开怀地大笑。沙姆苏丁兴奋得像新婚之夜的新郎，是的，这是丝绸之路与海湾之珠，与阿拉伯半岛大地之间的联姻！

他扭头示意哈拉维移步到一块古老的岩石边。这块岩石上布满了小小的珠母，这些珠母分泌出深红的颜色，手脚触碰到它就会染上鲜血一样的红色，达格米的女人们常用它来染衣服。

达格米站在岩石上，对大家说：

“以真主的名义，真主在《古兰经》中说：‘你们当全体坚持真主的绳索，不要自己分裂。’（3：103）先知说：‘信徒与信徒要像坚固的建筑一样，紧紧地攥在一起。’先知流着泪被迫离开麦加，后来又在真主的帮助下胜利地回到麦加，先知说：‘真理出现了，谬误消失了，谬误消失了。’

“我们相聚在福韦里特，福韦里特是海湾的明珠，是受欺凌者的天房，无家可归者和受压迫者的港湾！今天，我们欢聚一堂，一起见证真理得以昭彰，谬误已然消失。我们应该把兄弟情义、血缘和亲属关系转变为共同行动，让所有人毫无分别地共享成果，无论远近！

“我们一直希望并肩共进，像坚固的建筑一样，坚不可摧。但我们从未万众一心地走过同一条道路，总有敌人要分裂我们，破坏我们的团结。很遗憾，我们的同胞中总有人会选择协助敌人。我们的同胞与我们有着相同的外表，但他们的心没有跟我们在一起，他们对待自己的兄弟心狠得像石头，甚至比石头还硬。

“感谢真主，我们终于找到了与朋友、伙伴们并肩同行的道路。我们与他们有着共同的目标和利益，有着兄弟般的情怀。他们从遥远的东方率领吉祥的船队来到我们这里，率领船队的是一位中国人，他用他的阳光照亮了我们，为我们带来吉庆。如今，我们与这个人同心同德，弘扬忠诚与敬畏，拒绝仇恨与侵略，为所有的人们、为每一寸土地带去和平与安宁。麦加是我们心目中最重要、最高贵的土地，是我们最挚爱的真主的土地。为了它，我们愿意贡献出我们的钱财、我们的生命、我们的一切。为了它，我们愿意摒弃任何冲突、任何分歧。它高贵的分量、崇高的地位让我们愿意不计前嫌，不计我们遭受的磨难。因为它确实值得我们为它做出牺牲，值得我们忍耐，尽管这么做需要我们压制内心的挣扎与愤怒，需要我们做出让步。

“阿拉伯的精英和英雄们都聚集到了这里，为了这个地区的利益。首先是为了麦加，为了保卫麦加免受任何形式、来自任何源头的伤害。我们必须团结一致，确保倡议成功。只有这样，我们才能为整个地区带来源源不断的财富和永久的安宁，才能保证朝觐季节的安全，确保朝觐者毫无畏惧地到达天房。我们绝不允许邪恶魔鬼像过去那样破坏我们的圣地，破坏我们的团结。这是至高无上、无与伦比的目标，关系到每个穆斯林的利益，不论他是阿拉伯人还是土耳其人，是非洲人还是亚洲人，哪怕他来自遥远的中国。”

达格米的话像酷暑中清凉的露珠，又像火山口喷发的熔岩，充满激情，使每位听者内心感到清凉平静，胸中热情似火。特别是沙姆苏丁，达格米的话让他感动得热泪盈眶。他仿佛看到自己的半岛之行长成了枝繁叶茂的大树，大树开始开花、结果，果香四溢，沁人心脾。他看到大家的眼中充满希望，言谈中充满热情，人人都对这个倡议大加赞赏，表达了全力的支持，露出满意、平和的目光。然而，麦加谢里夫和他儿子的眼睛一直充满了怀疑和不安，透露出他们内心的惶惑。

（六）

年轻人走近他的父亲，两人开始耳语，似乎在筹划什么事。

麦加谢里夫说：

“我能做什么？此刻只能保持和气和理智。”

儿子说：

“你没听到达格米说的话吗？他暗指我们是动乱的制造者，是破坏穆斯林团结的人。达格米人的行为好像他们是整件事的主角，是麦加和麦加事务的主宰，好像阿拉伯半岛是他们的。他们必须知道他们的分量和我们的分量。”

麦加谢里夫说：

“孩子，他们指控你是伊本·卡费闪的同伙，这差点将我们推向万劫不复的深渊，所有人都不敢接近我们。他们皮笑肉不笑地看着我们，甚至还用羞怯的眼光看我们，以前我们可是这类场合的焦点！我们不能盲目行事，否则，阿拉伯各部族就会将矛头对准我们，我们就成了反对民族团结和民族利益、反对保卫麦加的人了。我们的麻烦已经够多的了！”

儿子说：

“我都说了好多遍了，伊本·卡费闪的所作所为与我毫无关系，是他买通了萨阿德·菲尔亚尼。萨阿德贪图钱财与他合作，我对此毫不知情。”

麦加谢里夫说：

“你这是在糊弄阿拉伯半岛的任何一个小孩吗？所有人都知道萨阿德·菲尔亚尼没有你的命令，连大气都不敢喘，更何况你跟伊本·卡费闪的关系也是尽人皆知的。”

儿子急切地说：

“这么说只能求助欧洲的盟友了，他们是绝不会允许这个倡议成功的，因为一旦成功，就意味着他们垄断珍珠贸易的时代结束了，他们的珍珠贸易靠的就是我们呀！”

麦加谢里夫说：

“依靠欧洲的盟友？你也太幼稚了！那些欧洲的盟友只会站在强者一边，他们只保护强者，捍卫强者的利益。难道你没有发现吗？只有你给他们支付了代价，他们才回复你的问候吗？现在先什么也别说，以后再说，以后再说。”

麦加谢里夫看到哈拉维朝他走来，脸上忙挤出虚伪的微笑。

哈拉维说：

“麦加谢里夫，你好！你的到来，是福韦里特的荣幸。”

麦加谢里夫说：

“真主祝福你们，见到你们很荣幸，你们是我们的宗教兄弟，血统兄弟。”

哈拉维说：

“我们的兄弟说得多好啊！先知多么英明，他在迁士和辅士之间建立起兄弟关系，使麦地那社会有了坚实的基础。因此，这个新生社会抵抗住了足以摧毁诸多国家和帝国的危险。”

麦加谢里夫说：

“兄弟情义是一种伟大的含义。”

哈拉维说：

“对于懂得它的含义并努力维护它的人来说，这确实是一种伟大的含义。”

麦加谢里夫似乎想转换话题，他说：

“祝贺你们组织了这么盛大的会议。不瞒你说，我当时真担心你们掌控不了这么多人。”

哈拉维说：

“麦加谢里夫，我们相信我们能够掌控，这里面有秘诀，这个秘诀就是我们深信自己的能力源于真主的保佑。只要我们坚持真理，就没有人能将真理从我们手中夺走，无论他是谁。重要的是要坚持真理！真理是我们的保护伞，它使我们远离愚昧、侵略和暴虐的陷阱。我们把这一经验传授给了我们的孩子，让你儿子也学习学习这种经验吧，对他的将来很有好处。”

年轻人用挑衅的眼光看着他，说道：

“我父亲教会了我一切，无须再学习更多的。”

麦加谢里夫给他儿子使眼色，示意他不要再继续使用挑衅的言语。

哈拉维说：

“孩子，我们的先知教育我们要不断学习，直到生命的最后一刻。他说‘活到老，学到老’。要是你没有做好不断学习的准备，就会一再犯错，直至跌倒。等你跌倒的时候，就没有人会向你伸出援手，让你重新站起来。”说完，他就走了，去欢迎其他代表团了。

在会议结束、各部族首领和埃米尔回国前，他们达成了一项协议，即所有人都同意签署丝绸之路的倡议书，同意派遣代表团前往中国，向中国皇帝递交协议。同时他们也同意为天房、朝觐者提供所有所需资金。

当朱布里提议由福韦里特的埃米尔们组建前往中国的代表团时，所有人都大声表示同意和支持，因为福韦里特的埃米尔们对这次阿拉伯人达成一致，签署丝绸之路倡议立下了汗马功劳。朱布里向麦加谢里夫问道：

“麦加谢里夫，你对这个提议有何看法？”

麦加谢里夫回答道：

“没有谁比达格米人更适合代表阿拉伯人去见中国皇帝了。”

他说这句话时的声音好像是从废弃洞穴深处发出来的，脸上浮现出虚假的微笑。

（七）

沙姆苏丁准备好行装，驶向索马里海岸，那里是阿德勒王国。在福韦里特成功举办阿拉伯半岛各部族的会议后，沙姆苏丁邀请达格米人陪同他一起前往非洲，这是以前就跟他们说好的。

在福韦里特举办了盛会后，阿米尔还有一些紧急事务需要处理，另外，他还得尽快整装前往印度，开启他的商贸之旅。

阿拉尔说他得去霍尔木兹，大家可以在那里相会。

达格米说：

“我和哈拉维，我们一定不能错过访问曼萨·穆萨统治的王国的机会。”

沙姆苏丁的船队在哈拉维、达格米的陪同下，出发前往索马里王国，并在离开福韦里特三周后顺利抵达。他们发现国王正率领王国居民欢迎中国船队的到来。沙姆苏丁受到了非洲国王和他的臣民们的热烈欢迎，他们之间由来已久的联系和亲密关系，明眼人一看便知。

就在沙姆苏丁接受国王和随从们的欢迎时，一名不满十岁的男孩突然冲出人群，无比激动地投入沙姆苏丁的怀抱，就像多年没有见面的父子，场面感人至深。

哈拉维转向达格米，对他说：

“看来沙姆苏丁和他们有着深厚的关系。”

达格米说：

“是的，这个被热情拥抱的孩子有什么秘密呢？”

哈拉维说：

“也许过后他会告诉我们实情。”

他们会见了索马里国王，国王向他们介绍了这个被称作“非洲之角”的国家的形势，他们还谈到了欧洲的某些国家对非洲国家的企图，他们和阿比西尼亚人之间的冲突，谈到了合作与贸易往来的途径，特别是象牙、黄金、香料和布匹贸易。索马里南接非洲港口、东邻亚丁和苏格塔拉，鉴于此，他们还谈到了提升摩加迪沙在贸易交流活动中的经济意义。

与索马里国王的会见成果丰硕，对沙姆苏丁确定非洲对中国的重要性和中国的庞大贸易计划很有帮助。

第二天，沙姆苏丁和他的伙伴哈拉维、达格米以及索马里国王的代表一起巡视了索马里的港口和市场。索马里人用惊讶的目光打量来访的中国代表团。

沙姆苏丁说：

“非洲国家真美呀！洋溢在非洲人脸上友善、温和的表情多么让人动容！对了，你们该对我说说曼萨·穆萨了吧？在来非洲的路上，你们俩不是说好了要向我介绍他的吗？”

哈拉维说：

“他是世界上最伟大的国王之一，他统治着苏丹西边的一个国家，称为马里。他的影响力和权威是任何人都无法企及的，他甚至控制了苏丹的伊扎卜港。1280年，伟大的国王曼萨·穆萨诞生，他是第一个叫‘曼萨’这个名字的人，在当地语言中，‘曼萨’的意思是国王之王。

曼萨以虔诚、善良、慷慨著称，他的时代是马里王国的黄金时代，其繁荣持续了二十五年之久。他的王国的臣民不仅认为他是国王，还认为他是真主的圣徒。因此，他在人们心目中的宗教地位，远远高于其他国王所享有的政治地位。他们认为他的统治受到了真主的启示，他也因此有能力统治非洲最大的王国。

“他的王国的边界向北扩展到摩洛哥边界，向西到大西洋，向东到苏丹边界。他有一支军队，以强大、英勇著称，使他能够在短时间内控制苏丹的二十四座城市。他重视建筑，在他的国家建设了很多宫殿和清真寺。当时，贸易市场繁荣，城市繁华，其中最著名的是提姆布克图城，来自马拉喀什、北非和埃及的商队都来到这个城市做生意。后来发现了金矿和铜矿，使这个国家财富增长，持续繁荣。曼萨·穆萨控制了世界黄金贸易和盐业贸易，因为他的王国盛产盐。当时，盐业贸易的重要性不亚于黄金贸易，甚至有人说，曼萨·穆萨的王国当时拥有全世界一半的黄金和盐。

“至于这个人的虔诚，那就更不用说了。他的虔诚和慷慨是有目共睹的。他以无与伦比的慷慨分发施舍品和礼物，因此他是最亲近自己国民和邻国民众的国王。

“决定去朝觐时，他把王位委托给儿子穆罕默德，直到他回来。

“从那以后，有人说，他想禅位给他儿子穆罕默德，这样，他就可以长期住在麦加度过后半生，但命运没有容他这么做。”

达格米说：

“但是，哈拉维，我听说他杀死了自己的母亲。”

沙姆苏丁惊讶地说：

“什么？这个残暴的家伙！”

哈拉维说：

“他杀死母亲的事件，当时所有人都认为是误杀，这个事件也许是促使他去朝觐的原因之一。一些学者建议他去朝觐，让他痛苦的灵魂平静下来，因为这个事件是个意外。于是，他慷慨施舍，并希望通过远途朝觐，可以为无意犯下的罪行赎罪。”

达格米说：

“我听说他在朝觐途中向朝觐者散发黄金？”

哈拉维说：

“是的，他毫不吝惜地散发金钱和黄金，人们据此编织了很多故事。有人说，他的车队有六万多士兵，走在他前面的有五百人，每人手持纯金棒。还有人说，与他同行的还有一万四千多名女奴，为他和他的随从服务。此外还有众多熟练的厨师，他的车队每到一处都要举行宴会。还有人说，他从国内带了一百头骆驼，驮着旅途中消费的黄金。”

沙姆苏丁微笑着说：

“我原来以为我们是到达阿拉伯半岛的最大船队，现在发现我们仅相当于曼萨·穆萨朝觐大军中佣人和厨师的数量！”

哈拉维笑着说：

“据说他在旅途中消费了全部钱财，他一路上散发的礼品、施舍、捐赠不计其数。还有人说，他送给埃及苏丹五千砝码的黄金，他每经过一座城市就分发数千块金币，致使埃及黄金价格下跌。”

达格米说：

“我听说他花光手中的黄金后，借债继续以同样的方式花钱。”

沙姆苏丁问道：

“到了这种地步？”

哈拉维答道：

“是的，这次朝觐旅行后，据说他去了高原，消失了。”

达格米说：

“关于这一点，说法不一。有人说，他朝觐回来后得了不治之症，后来就去世了，他的儿子曼萨·麦根继承了王位，再后来他的弟弟曼萨·苏莱曼继承了王位。遗憾的是，他的继承人们都缺乏他的果敢和对国家的良好管理能力。财富减少，国家衰败，成了内部争斗和阴谋的舞台。”

沙姆苏丁说：

“真主赐予你财富，至关重要，然而，保护好财富，则是更重要的。哈拉维，你真是见多识广，学富五车！有你和我在一起，是我的财富。”

哈拉维微笑着，感谢他温暖的话语。

达格米说：

“沙姆苏丁，你说得一点都没错。对了，投入你怀抱的那个小男孩是怎么回事，好像你是他父亲？”

沙姆苏丁笑着说：

“以后我给你们讲他的故事。”

达格米狡黠地笑了，他说道：

“我感觉这个孩子背后隐藏着特别动人的故事。”

沙姆苏丁笑笑，没有作答。

（八）

沙姆苏丁想访问马林迪王国，由于苏丹的伊扎卜港对中国商品，特别是瓷器贸易非常重要，他决定先去伊扎卜港。这座港口属于阿法尔贵族和努比亚贵族。中国人通过这个港口把货物运送到凯鲁万、安达卢西亚和西西里岛。独特的地理位置赋予了这座港口重要的战略地位，它是中非各部族通向外部世界的交通枢纽。从中非通向蒙巴萨及周边非洲海岸城市的道路，地形复杂，部族居民性情粗暴，对外国人天生怀有敌意。与之相反，苏丹地形平坦，居民尽管种族不同，但都很友好，商队都前往伊扎卜港。因此，伊扎卜港也是朝觐者的主要驿站，货物可以从非洲运往阿拉伯半岛的门户吉达港。

沙姆苏丁经过伊扎卜港，然后驶向马林迪王国。马林迪王国是非洲最大的王国，被称作“长颈鹿的乐园”，因为这里长颈鹿很多。中国人把长颈鹿从非洲运回国内，对它喜爱有加，把它看作龙的女儿，看作世界的一大奇物。这里还盛产宝石，从此地运往亚丁、祖法儿、霍尔木兹和摩加迪沙需要二十天时间。这里的宝石在阿拉伯国家、中国和印度畅销，这些国家的人民都相信宝石能为他们带来好运。尤其是阿拉伯人，他们认为只要戴上宝石，特别是玛瑙，把它戴在腹部，人就不会感觉到饥饿。据说，先知在战壕之战[1]时期，也曾用此法，他用绳子、带子或头巾把石头绑在腰间就不觉得饿了。

旅行继续，行驶了不久，船队又回到了伊扎卜港边界。

沙姆苏丁问哈拉维：

“在去吉达，然后从吉达去霍尔木兹前，咱们先去埃

[1] 指公元 627 年，先知穆罕默德率领麦地那穆斯林，以挖掘壕沟的策略，抗击前来攻打他们的反对伊斯兰教的部族武装的一场战役。

及，并由此开启返回中国之旅，你看如何？”

哈拉维说：

“好主意，尤其现在正是埃及最繁盛的时期。”

沙姆苏丁问道：

“为什么这么说？”

哈拉维答道：

“前不久，埃及苏丹赛福丁·贝里斯巴打败了塞浦路斯人，赢得了穆斯林心目中的重大胜利。这些塞浦路斯人经常袭扰亚历山大和沙姆地区伊斯兰国家的海岸，烧杀抢掠，为所欲为，甚至袭击、抢占穆斯林船只，俘虏船上人员，抢劫船上货物。他们甚至还抢劫了运载埃及苏丹送给奥斯曼苏丹穆拉德二世礼品的船只。埃及苏丹贝里斯巴对海盗发起了三次行动。第一次行动烧毁了三艘船，这次行动的成功激发他发起了第二次行动，动用了四十艘船，摧毁了利马索尔城堡，杀死了五千名海盗，抓获了一千名俘虏。随后是第三次行动的重大胜利，一共动用一百八十艘船，从拉希德出发，占领了塞浦路斯的利马索尔港，攻陷了尼科西亚，带回了三千七百名俘虏，其中包括塞浦路斯国王贾奴斯和他的王子们。贝里斯巴苏丹举行了隆重的庆祝活动，我和达格米被邀请参加，参加庆祝活动的还有麦加谢里夫、阿勒奥斯曼的代表、突尼斯国王和土库曼的王子们。”

达格米说：

“灰头土脸的贾奴斯被押到埃及苏丹面前的场面令人难以忘记。当时，他哀求埃及苏丹保全他的性命。埃及苏丹赦免了他，赦免的条件是缴纳二十万第纳尔的赎金，塞浦路斯归属埃及苏丹，贾奴斯作为他的代表管理塞浦路斯，并缴纳人丁税。”

沙姆苏丁说：

“多么伟大的胜利！这真是去访问的最佳时机，既可以巩固友谊，又能同时祝贺这一光荣的胜利。”

（九）

沙姆苏丁和他的同伴哈拉维、达格米来到埃及苏丹的王宫，埃及苏丹对他们致以最热情的欢迎。

沙姆苏丁说：

“苏丹陛下，祝贺你们取得的胜利，祝愿你们国家安全昌盛，永久和平。和平是我们以及我们的邻居和朋友努力呼吁的。”

苏丹说：

“欢迎你们来到埃及，你们国家一直是我们最好的朋友和盟友。欢迎我们的达格米兄弟。”

哈拉维说：

“你好，苏丹陛下，真主赐予你们胜利，助你们挫败了东西方敌人设置的危险。”

苏丹说：

“我听说你们成功组织了福韦里特会议，以加强各国之间的合作，为所有人寻求利益和安全，同时保卫麦加安全，保卫朝觐季安全。”

达格米说：

“苏丹陛下，我们希望你支持我们已经达成的协议。”

苏丹说：

“这是我们的责任，也是每个穆斯林的责任。我们赞赏你们为国家统一和安全付出的努力，赞赏你们为朝觐者提供衣服和物品。至于天房罩幕，它是我们的荣耀，我们绝不会放弃的。你们知道，我们和波斯的泰姆尔国有分歧，他们想和我们分摊这件光荣的事情。”

哈拉维想使话题远离分歧焦点，他说：

“我们都乐意为麦加和麦加的访问者提供服务，但愿真主能接受我们大家。”

沙姆苏丁说：

“苏丹陛下，我们还要感谢你们为保卫港口免遭抢掠所做的一切，感谢你们为商人们降低关税，这一切都鼓励我们把丝绸之路延伸到你们国家。”

苏丹说：

“我派了代表团前去参加福韦里特会议，以此表明我们对丝绸之路倡议的支持，该倡议旨在为所有民族毫无分别地实现富裕，我们很高兴与你们合作。要不是当时我必须留在埃及处理国内紧急事务，我就也跟大家一同参加会议了。”

沙姆苏丁感谢埃及苏丹的一番友好谈话，会见就在这样亲切友好的气氛中结束了。苏丹的一番谈话让沙姆苏丁深感高兴。

会见苏丹后，沙姆苏丁、哈拉维和达格米在埃及又待了两天，他们欣赏了开罗的古迹，领略了埃及灿烂的历史。

（十）

在完成访问该地区的任务后，沙姆苏丁决定返回中国，但此前他还要在霍尔木兹待上两天。

沙姆苏丁说：

“现在我们直接去霍尔木兹，然后从那里去中国。”

达格米说：

“这不是你第一次访问霍尔木兹，阿拉尔跟我们说，你第一次去的时候，他遇到过你。”

沙姆苏丁说：

“上次中国船队来霍尔木兹时我到访过此地。霍尔木兹是波斯、印度的贸易中心，是阿拉伯国家的门户。

“还是在中国船队第一次来到霍尔木兹时，首领和民众们得知消息后，都有些提心吊胆，决定抵抗船队。人们还就此事产生了分歧。

“阿拉尔在霍尔木兹拥有很高的地位，他说话是有分量的。当时他的意见是在抵抗前先见一见中国船队的领队，探一探他此行的目的。这些都是我在事后才得知的，我也因此与阿拉尔建立了特别友好的关系。

“当我代表我的船队献上礼品后，他们知道我是代表大明王朝来传播和平的，不是觊觎、侵略他们国家的。众人纷纷传播好消息，大家也改变了对待船队的态度。但是，当霍尔木兹的商人们看到中国船队带来这么多商品后，仍然很担心，请求总督不要允许船队卸货，投放市场，于是就在城边上建起了一个中国商品城。

“我们和善、积极地与商人们相处，让他们看到，我们的目的是大家互惠，而不是垄断市场。这也是丝绸之路倡导的商业哲学，即各方互惠，实现共同繁荣，而不是一方侵占其他方的利益。于是，他们改变了对待中国船队的态度，愿意同我们进行货物贸易。从那时候起，我就决定把霍尔木兹作为这一地区的主要一站。”

哈拉维说：

“阿拉尔特别喜欢霍尔木兹，他与霍尔木兹总督的关系非常密切。一年之中，他差不多有半年时间在霍尔木兹度过，剩下的半年在福韦里特度过。”

沙姆苏丁说：

“我第一次跟他说话就了解到这一点了，当时我感觉他会是我在阿拉伯半岛最好的助手。要不是在祖法儿遇到你们俩，从你们那儿得知你们将与我一同前往福韦里特——阿拉尔的家乡，在从祖法儿动身前，我就会派人去请阿拉尔做我的旅伴了。”

哈拉维问道：

“这是因为他对船队的态度吗？是因为他在对抗船队前提出不要鲁莽行事的要求吗？”

沙姆苏丁答道：

“不仅如此，还因为我对霍尔木兹的第一印象，以及在霍尔木兹总督家里跟他谈话时，他给我留下的第一印象。”

沙姆苏丁回想起了第一次到达霍尔木兹时的情景。当时，铺砌的街道装饰得五颜六色，做工精细的地毯遍布全城。动物们表演各种杂技动作，就像露天马戏场。这边的猴子在跳舞，发出悠扬的叫声，山羊为它伴舞；那边的骆驼随着别样的笛子乐曲，左右摇摆着长长的脖子。

那次到访令沙姆苏丁对霍尔木兹产生了非常美好的感情，他对在这里看到的好东西很感兴趣。稀有的珍珠、骆驼、纯种马、武器、香料、地毯、宝石、美食，他希望这些好东西能流通到中国。

他还想起了第一次在霍尔木兹总督家里见到阿拉尔的情景，当时霍尔木兹总督表达了对阿拉尔祖国的热爱之情，他说阿拉尔的祖国蕴藏有巨大财富，但这些财富也引起了贪婪者的野心和仇恨。

沙姆苏丁问霍尔木兹总督：

“你们这些财富是不是也让贪婪者流口水，企图霸占它，入侵你们的国家？”

霍尔木兹总督答道：

“是的，有些贪婪的国家对我们存有野心，但是，在真主的保佑和在阿拉伯兄弟的支持下，我们抵挡住了他们的入侵，粉碎了他们的企图。”

他说最后一句话时走向阿拉尔，把他介绍给沙姆苏丁，还赞扬了阿拉尔的能力。

阿拉尔身着正统的阿拉伯服装，佩带镶嵌着珠宝的宝剑和匕首，脖子上戴着最名贵的珍珠项链。阿拉尔以他惯有的热情说道：

“我们阿拉伯人面临贫穷、灾难，我们一代一代继承下来的传统是，怜悯求助者，特别是邻居和盟友。”

阿拉尔的谈话方式、热情和气势，体现了他和他的部族在维护本地区，特别是阿拉伯海地区平衡、安全和贸易繁荣方面的重要作用。

沙姆苏丁说：

“这么说，霍尔木兹和阿拉伯人之间，特别是与纳卜哈尼人的关系一直是很理想的？”

阿拉尔说：

“实际上也并非完全如此。霍尔木兹国王在土耳其控制之下时，就曾野蛮地进攻过阿曼，导致阿曼鲜血流淌，家园被毁，庄稼被焚。一万两千名士兵在阿曼为所欲为，企图侵犯祖法儿。

“但在阿拉伯国家的支持下，阿曼打败了侵略者，杀死了霍尔木兹国王和他的大部分士兵，另一部分士兵逃到杰勒法尔，然后逃回到霍尔木兹。希阿尔人、祖法儿人、巴德兰人、纳卜哈尼人都英勇地参加了战斗。”

沙姆苏丁评论道：

“阿曼的财富让侵略者垂涎欲滴。”

阿拉尔接着说：

“所以后来，阿曼又遭受了波斯人的入侵。波斯人侵占了阿曼的纳兹瓦，烧毁图书馆和清真寺，毁坏城堡，烧杀抢掠。阿曼的首领纳卜哈尼被迫撤退到伊赫萨的朱布里那里，请求我们哈亚兹部族和阿尔杰迪部族帮助抵抗波斯人入侵，把他们从阿曼赶出去。他们的请求实现了，大家团结一心，使事态恢复了正常，打败了波斯侵略者，把这些小人赶出了阿曼。”

沙姆苏丁说：

“阿拉尔，你刚才的话使我想起了疯狂的帖木儿所做的一切，这个瘸子的士兵踏碎了众多的王国和帝国，他的大军成了土耳其人、中国人、波斯人、高加索人和呼罗珊人的噩梦。你们看到了在巴格达流淌的鲜血，看到了真主如何保护阿拉伯土地和阿拉伯半岛免受这个暴君的欺压。”

阿拉尔说：

“塔米米人总是英勇地抗击觊觎阿拉伯领土的侵略者，他们是卡迪西亚英雄卡卡的子孙。沙姆苏丁，你听说过卡卡吗？”

沙姆苏丁说：

“是的，我听说过。”

阿拉尔说：

“我们达格米人在任何时候都捍卫伊斯兰教。因此，哪怕与麦加谢里夫有不同意见，我们也保卫神圣的麦加免受任何伤害。”

沙姆苏丁问霍尔木兹总督：

“这就是你们支持塔米米部族的原因？”

霍尔木兹总督说：

“他们是我们的盟友，他们支持我们，支持每一位信奉真主的穆斯林。我们认为必须联合起来保卫神圣的麦加。”

阿拉尔说：

“你知道吗，人们认为胡拉古是假基督徒，认为帖木儿也是。要记住先知的圣训‘我民族最激烈反对欺骗者的是塔米米人’。因此，他们保卫麦加，受到人们的欢迎。”

沙姆苏丁说：

“我并不感到惊讶的是，蒙古人的军队是在阿拉伯土地上被摧毁的，我没有看到有谁比你们更英勇地保卫自己的圣地。”

霍尔木兹总督说：

“麦加是伊斯兰教的种子，它迸发出的火种照亮全世界。因此，保卫麦加是任何一块伊斯兰土地上的穆斯林的光荣责任。”

阿拉尔说：

“是的，这是我们绝不能放弃的荣耀，哪怕它的首领是巴拉卡特[1]。”他说的最后一句话透露出对麦加谢里夫的不满。

“这番话让我产生了强烈的愿望，下次一定要拜访阿拉尔跟我谈到的阿拉伯人的土地。”沙姆苏丁看着达格米说道。

达格米说：

---

[1] 麦加谢里夫的名字。

“阿拉尔曾详细跟我们讲述了你，你的人品，你的经商之道，他说你经商不只是为了挣钱，而是为了结交朋友，所以你一踏上阿拉伯人的土地，我们就前往祖法儿迎接你了！”

哈拉维说：

“当阿拉尔说他要不是有急事，他也想去迎接你时，我们跟他说，我们也很乐意完成这桩令人愉快的任务，这样的人确实值得我们尊敬。”

沙姆苏丁说：

“如此说来，这是阿拉尔在霍尔木兹为我所做的一切后，送给我的另一份美意，他让我有幸成为你们两位伟大的人的朋友！”

（十一）

沙姆苏丁收到了皇帝的来信，告诉他即将建设新首都。在新首都，朱棣皇帝决定建造紫禁城，紫禁城将成为科学家、哲学家和文学家聚会的地方，所有宗教信仰都将被同等对待，以彰显大明王朝传播和平、与各国人民友好相处的宗旨。皇帝要求沙姆苏丁邀请他访问过的国家的朋友来参加这一庆典。

沙姆苏丁决定按原路返航，这样他可以路过所有他访问过的国家，从而邀请这些国家的国王、苏丹和首领们参加紫禁城的开城庆典，让紫禁城在世界面前成为科学艺术之城、各个宗教信仰的和平之城，成为大明王朝国力的标志和骄傲。

让沙姆苏丁感到由衷高兴的是，达格米人访问中国的时机正好与这一历史性的庆典相吻合，通过参加庆典，建立起中国与各地民众的关系，特别是与近邻，以及丝绸之路——这一贸易、和平、福祉之路——沿线的民众的关系。他还邀请了麦加谢里夫、阿法尔国王、埃及苏丹、亚丁总督和阿曼总督。一部分客人决定随同返航的船队一起去中国，另一部分客人决定随后赶上船队。

哈拉维非常希望探访中国，他听说过很多有关中国的历史和文明，他想亲眼去看看，所以一直期待着访问中国的那一天。阿米尔和达格米则认为这次旅行将是向这个伟大帝国出售珍珠的极好机会，同时还可以带回本地区畅销的、越来越供不应求的中国商品。

阿米尔和印度有着很好的贸易关系，他已安排好了印度之行，所以他先去印度，然后再随船队去中国。

阿米尔每年都去印度，今年依旧不能不去，因为印度是众多商品的世界中心，特别是福韦里特的珍珠。福韦里特还是印度沉香、香料、著名的印度剑、蓝宝石、祖母绿、琥珀的最大客户。

无疑，他也非常希望访问中国，出席这一历史性的庆典。为此，他把去印度的行程提前了，以便在处理完他的生意后，能够随船队去紫禁城。

船队抵达霍尔木兹时，阿拉尔、霍尔木兹总督在岸上等着迎接他们。大家都对沙姆苏丁充满信任、友爱。惯常的欢迎仪式一结束，沙姆苏丁就与大家谈起了他第一次访问这座城市时留下的记忆。

一番亲切的谈话后，阿拉尔问道：

“那个叫艾马图的小男孩还好吗？”

沙姆苏丁回答说：

“他在他父亲和家人中间生活得很安逸。”

阿拉尔满脸笑容，容光焕发，问道：

“那是怎么回事？”

他的问话里带有明显的好奇语气，引起了周围人的注意，众人的脸上也写着大大的问号，好像都想知道故事的原委。沙姆苏丁从他们的目光中读懂了各自的心思，没等大家问，他就看着达格米，问道：

“达格米，还记得在索马里时你和哈拉维问我那个非洲男孩是怎么回事吗？”

达格米摇摇头，没有说话，但他急切的目光表明了他也非常希望知道答案。沙姆苏丁接着说：

“我第一次访问霍尔木兹逛市场时，看到一个奴隶贩子拉着一个黑人孩子走进市场，孩子反抗的情景使我想起了我人生中的一个场景。我奔向那个奴隶贩子，从他手里夺过孩子。奴隶贩子对我说，‘如果你想从我手里带走他，给我五块银子，一块也不能少’。

“我给了他银子，拉着孩子的手。孩子平静下来，他紧靠在我身边走，就像一个落水的人抓住了救命的稻草。他就是艾马图，我把他带回了中国。在中国，他的外貌引起了每一个人的注意，他那黑皮肤和炯炯有神的眼睛非常引人注目。

“有一次，皇帝要我率船队访问非洲海岸，了解非洲人的情况，向非洲人介绍中国文明，我决定带上这个孩子。

“艾马图告诉我，他是阿法尔人。船队抵达他的家乡时，我们看到部族首领和他的士兵们准备抗击船队。这时，我突然想起一个办法，我带着艾马图来到甲板上，当他看到索马里士兵时，他向他们挥手，好像是呼喊他们什么。然后他开始用他们的语言喊话，告诉他们，这个船队不会伤害他们，是我们把他解救出来的。他的话音刚落，部族首领就收起武器，脸上出现笑容，热情地迎接了我们。他说，只要我们来非洲，他的国家就是我们的第二祖国。他还亲自把我们带上了安全的道路，直到我们到达东非的黄金之国。那里土地肥沃，但是人们不太懂耕种技巧，我们教他们耕种，让他们利用好自己手中肥沃的土地。我们还在那里建了一座贸易城。

“皇帝知道这个消息后很高兴，因为他非常希望我们能到达非洲，此前，我们对非洲一无所知。”

阿拉尔说：

“我们经常说‘种瓜得瓜’，你帮助了那个孩子，你就得到了回报。你把孩子送回他的亲人那里，这一善事打开了非洲人的心。”

哈拉维说：

“诗人说道：

‘你善待他人，他人就会对你心悦诚服，

善行使人成为你的奴仆！’”

沙姆苏丁说：

“我一直讨厌‘奴仆’这个词，因为这个词代表的是邪恶，毫无善行可言。今天我第一次发现这个词也有好的一面，它可以是一种善行，用爱筑成一处围栏，给心安宁，而不是作为枷锁限制心灵的自由。”

第三章

前往紫禁城

（一）

船队从霍尔木兹出发，前往印度。船队就像一座漂浮在海面上的城市，一座可以为工匠、海员、科学家、翻译、士兵和领导者提供便利生活的城市。沙姆苏丁就像一个名副其实的皇帝，拥有力量和领导者的全部才能。他与助手的合作关系稳固而和睦，他的下属知道什么时候需要做什么。在严肃的时刻，特别是船队准备启航时，或者天象警示气候要发生变化时，沙姆苏丁就显得身材高大而又强壮，就像船帆，离开它，船就寸步难行。船上的每一个人都围绕着他而行动，他说话的语气有些严厉，脸上常有的笑盈盈的表情也会消失不见。

哈拉维注意到，在这个时候，他的同事叫他郑和，而在高兴和平静的时候则叫他另外一个名字——马和。

哈拉维笑着问：

“沙姆苏丁，你叫什么名字？”

这个问题显得有些幼稚，哈拉维叫他沙姆苏丁，却问他叫什么名字。

沙姆苏丁笑着回答：

“你知道，我是回族穆斯林，我家姓马，这个姓是先知穆罕默德名字的简称。我小时候叫马和，后来朱棣皇帝赐姓郑，我的名字就成了郑和。”

哈拉维说：

“这么说来，‘郑和’是个尊号，是个尊称！”

沙姆苏丁说：

“是的，是这样的。”

达格米问道：

“皇帝为什么赐给你这个名字？”

沙姆苏丁答道：

“这是为了表彰我帮助他战胜前任皇帝也就是他的侄子朱允炆所做的贡献。”

哈拉维也问道：

“叔叔和侄子之间为什么会发生斗争？”

沙姆苏丁答道：

“说来话长，如果你们想听，吃过午饭后我再讲给你们听。”

阿拉尔说：

“沙姆苏丁，你说得好，我都快饿死了，可能是航海的氛围打开了我的胃口！”

达格米说：

“那么，即便你在福韦里特沙漠中心，航海的氛围也不曾离开你，你什么时候胃口都是大开的！”

大家都笑了，连阿拉尔自己也笑了。他说：

“这种享受只有真主满意的人才会得到，他们为真主赐予的美食而感到高兴。”

哈拉维说：

“但是，先知说：‘如果亚当的儿子不得不填满肚子这个坏容器，那三分之一是他吃的，三分之一是他喝的，三分之一是他心里的。’”

阿拉尔说：

“我就是这么做的，我把我的午饭分为三个阶段。”

达格米笑着说：

“你应该说，你午饭要吃三回，晚饭也一样。”

达格米和阿拉尔的对话引起满堂大笑。尤其是大家都知道达格米说话认真，不开玩笑，很少说这种引人发笑的话。

沙姆苏丁插话说：

“我们中国人按照一句谚语生活，这句谚语便是‘吃饭是为了活着，活着不是为了吃饭’。这句话和哈拉维提到的先知圣训相符。中国的宗教信仰也很注重这方面。

最著名的佛教三藏经典认为，过度饮食或完全偏离原则地饮食可以引起疾病或猝死。其他的佛教文献也指出过这一点，认为吃了不该吃的东西，过度饮食，吃了不习惯吃的东西，这些都会危害健康，甚至导致死亡。因此，佛教在这方面经常告诫信徒们要食用应季食物，不要超限饮食，要按时饮食。人若尝试不了解的食物，应该少吃。”

哈拉维说：

“几乎所有宗教在这方面都是一致的。胃太饱会加重精神负担。有人说‘胃是疾病之家’。”

达格米说：

“我们的始祖父阿丹不就是由于这个原因，当哈娃叫他顺应自己的食欲，他就偷吃禁果，这才离开乐园的吗？”

哈拉维补充道：

“是的。但是，召唤他的是魔鬼，不是我们的始祖母哈娃，《古兰经》洗清了其他宗教给她贴上的这一罪恶。简言之，在我们的宗教中，各位先知肩负的使命要求人们在所有事情上都要保持中庸，任何事情都不要过度，包括饮食和饮水。”

阿拉尔说：

“我们在谈话中也应该保持中庸，不要过度谈话，这么长时间的讨论已经够了，还是让我们响应可怜的胃的召唤。那些美食在向你们呼救，它们已经等太久了。”

沙姆苏丁笑了，请他们去船上的餐厅用餐。餐厅处处都彰显着豪华。他们看到餐桌上已经摆满了蔬菜、米饭和海鲜，每个人的面前摆放着一双筷子和一把小汤匙。

达格米问：

“这两根细棍是干什么用的？”

沙姆苏丁告诉他，这是中国人吃饭用的工具，用的时候一根是固定的，另一根是活动的。他为他们示范如何使用筷子。

哈拉维是最希望掌握使用方法的；阿拉尔则是第一个失去学会的信心的，他挽起袖子，用阿拉伯的传统方法开始了美食之旅，阿拉伯传统不会把吃饭的事搞得这么复杂。

哈拉维问沙姆苏丁：

“是什么原因让你们用这种棍儿而不用刀叉呢？”

沙姆苏丁回答道：

“这是儒学传统，是孔子建立的。他反对使用刀子吃饭，他认为，刀子是杀人的工具，把这种工具用在吃饭这种高尚的事情上是不道德的。从那时起，人们就开始使用筷子了。”

阿拉尔看到满桌子都是蔬菜和海苔，脸上露出不悦的神色，这些菜好像不符合他的口味。他对沙姆苏丁说：

“我们经常听说中国人很好客，为什么中国船队统帅的餐桌上全是素菜，肉和黄油到哪里去了？”

沙姆苏丁笑着说：

“有啊，如果你想要，我可以把所有的肉都给你拿过来。但是，先让我给你讲一个过去航行中发生的事，然后你再决定是否全部拿上来。我们离开新加坡岛后，经过二十天的航行，海员们得了一种怪病，引起牙龈出血，消瘦，最后死亡。有些患上此病的海员害怕传染给同伴，就跳海了。人人恐慌不已，死亡的恐惧笼罩着船队。但是我发现天文学家南轩公没有出现其他人那样的症状，原因好像是他吃了很多海苔。于是，我命令患病的士兵多吃海苔，后来他们的病情都好转了。从那以后，我们在海上航行时就多吃海苔。”

阿拉尔认真地听沙姆苏丁讲解，并用手摸了摸嘴唇，看看是否有出血迹象，然后不停地大口吃起海苔来，并说道：

“你们知道吗，味道好像也并不像我想象的那么不好。”

哈拉维和达格米笑了。哈拉维说：

“强迫你的兄弟不是英雄。”

吃完饭，达格米拿出从也门带来的阿拉伯咖啡用具，豆蔻的香气充满了整个餐厅，而沙姆苏丁和他的人则准备了充满水果味道的茶。

达格米说：

“你们如此喜欢喝茶，这里面有什么奥秘？”

沙姆苏丁回答说：

“就像你们喜欢喝咖啡一样，不过，我们喜欢喝茶也可能与古老的佛教习俗有关。佛教习俗认为喝茶有利于健康，能醒脑，而且没有酒精的损害。关于这种饮料，还有一个传说。”

哈拉维问：

“什么传说？”

沙姆苏丁答道：

“这是关于把佛教从印度传入中国的达摩和尚的传说。据说，达摩坚持面壁长达九年。有一天，他在面壁时睡着了，醒来后非常生气，因为他的眼皮打断了参悟，于是他把两只眼皮割下来，扔到茶树苗上。这棵茶树便生长得很茂盛，于是佛教便与这种有助于集中精力、清醒头脑的饮料结下了不解之缘。”

哈拉维说：

“我们不再谈吃喝了，还是回到皇帝为什么对你大加奖励，赐你郑姓的话题吧。”

沙姆苏丁说：

“好吧，我给你们讲。从大明王朝开国皇帝朱元璋讲起吧。老皇帝决定立他的孙子朱允炆为皇太孙，继承他的皇位，而不是他的儿子们。他的儿子中最优秀、最应该继承皇位的是朱棣王爷，我从小就是他的侍从。

“这件事对王爷来说并不简单，老皇帝的这一决定让他深感痛苦，更让他感到痛苦的是新皇帝登基以后的事情。新皇帝身边的人提醒他说，他叔叔朱棣想篡位。老皇帝驾崩后，王爷带领五千士兵前去吊唁，新皇帝说他要造反。要不是我劝他不要亲自去，而派他的两个儿子去的话，他就会和他的儿子一样成为俘虏。

“王爷被迫解散了军队，并装病让新皇帝相信那些诬告者的谗言是假的。

“随后，我去见了新皇帝，告诉他，他的叔叔因为两个儿子被囚禁而患了重病，成功说服了新皇帝赦免了王爷的两个儿子。王爷和他的王妃以及两个儿子都很感谢我。

“然而，诬告者继续诬告王爷图谋不轨，说服新皇帝相信他叔叔仍然觊觎皇位。新皇帝安插到王爷家中的耳目胡诚向皇上告发说，王爷和他的军师会晤，密谋伺机篡权，再次点燃了新皇帝对王爷的怒火。新皇帝起兵讨伐王爷，王爷被迫号召忠于他的士兵反抗新皇帝的进攻。

“持续三年的战争爆发了，王爷的军队抗击新皇帝的军队，逐步取得胜利。在这场战争中，我在很多方面起到了重要作用。最突出的是，我说服新皇帝的水师提督吴宣投诚，并以重金奖励。我的另一个重要作用是，新皇帝的军队进攻驻守在北平的王爷的军队，把他们团团围住。如果不是我率领我的军队快速解围，王爷就会被他们俘虏。我们开始反攻，获得了胜利。这次胜利是决定性的胜利，从此王爷大获全胜，带领军队一直杀到新皇帝的宫殿。新皇帝穿上和尚服逃跑了，在他的房间内放置了一具烧焦的尸体，让王爷认为他被烧死了。王爷成为皇帝，他赐郑姓给我。此后，皇帝要派遣船队下西洋，让世界了解大明王朝的价值和使命。皇帝力排众议，任命我为船队统帅。大臣和要人们都反对我担任船队统帅，因为像我这样的人是不允许担任政治职务，或承担如此重要的任务的。”

沙姆苏丁说着，众人一动不动地认真听着，全场鸦雀无声。哈拉维说：

“我第一次看到你的时候就认为，站在我面前的是位伟大的领导人、卓越的政治家，就像我坐在阿拉伯政治家和战略家阿慕尔·本·阿斯的面前。”

沙姆苏丁问：

“他是安拉使者穆罕默德的贤徒吗？”

哈拉维回答：

“是的，他是安拉使者的贤徒。他在阿里·本·艾比·塔里卜和穆阿威叶·本·艾布·苏富扬之间的斗争中也起到了突出作用。”

翻译问道：

“对不起，穆阿威叶的头发很有名，是这样吗？”

达格米问道：

“你是说他的诗？他的能言善辩？”[1]

翻译答道：

“不是，我说的是他的头发。我经常读到这样一句话，‘穆阿威叶的一根头发’。”

达格米、哈拉维和阿拉尔都笑了。随后，哈拉维说：

“‘穆阿威叶的一根头发’这个短语，是指精通待人接物艺术的人，这种人知道什么时候用强硬的口气，什么时候用柔和的口气。据说，穆阿威叶有一句很有名的话，他说‘在我和他人之间有一根头发，如果他们拉紧，我就放松；如果他们放松，我就拉紧’。后来，人们用这句话——‘穆阿威叶的一根头发’来形容和不同爱好、不同情况的人打交道时的中庸和平衡之道。”

沙姆苏丁说：

“哈拉维，什么问题你都能回答啊。我们还是说说阿慕尔·本·阿斯吧，他和哈吉姆·沃卡斯是同时代的吗？”

达格米说：

“你是说伟大的撒哈比[2]，萨德·本·艾比·宛葛

---

[1] 阿拉伯语中，“头发”一词与“诗歌”一词写法一样，但读音不同。

[2] 指先知穆罕穆德的圣门弟子。

斯吗？”

沙姆苏丁说：

“可能是他，我们是从明朝的记载里读到这个名字的。据记载，先知在世时，阿拉伯半岛有四个人来到中国传播伊斯兰教，其中一人定居泉州，一个人去了扬州，另外两个人去了广州。”

哈拉维说：

“这么说，自从先知派遣使团开始，你们中国就开始关注伊斯兰教了，你们是怎么迎接先知使者的？”

沙姆苏丁说：

“根据中国人流传下来的故事，在先知派遣使团的时候，中国皇帝唐太宗李世民在一天晚上看到一颗星异常明亮，便询问负责星相的大臣。大臣回答说，这表明在大食国，即阿拉伯半岛出现了一位伟人。皇帝便派他的使臣去了解情况。到达阿拉伯半岛后，使臣邀请先知访问中国，但他没有来，而是派了他的四个贤徒去中国传播伊斯兰教，其中一人就是哈吉姆·宛葛斯。皇帝的使臣画了一幅先知的画像，带回来交给皇帝，唐太宗看了先知的画像后非常高兴，把它挂在皇宫的墙上，认为画像会给他和他的国家带来吉祥，会助他打败敌人。据说，他崇拜这幅画像，但遭到了宛葛斯的反对，因为这不符合伊斯兰教除真主外反对任何偶像崇拜的教义。皇帝并没有停止这一做法，但是免除了宛葛斯和他的同伴在皇帝面前跪拜的礼节，以表示对伊斯兰教教义的尊重。皇帝还在广州为他们建造了一座清真寺，取名怀圣，意思是怀念先知。宛葛斯获名号‘第一贤者’，允许他在全国传播伊斯兰教。当他想回国的时候，皇帝没有批准。他再次提出了请求，皇帝含糊其辞地说，他真是一个奇怪的人，好像和‘回’字结为兄弟了。他过去想‘回’，现在仍然想‘回’，我们应该想办法留下他。从此，他就有了‘回’的名字，也成了中国所有信奉伊斯兰教的人的名字。在皇帝的安排下，宛葛斯娶了一名漂亮姑娘为妻，他就不再要求回国了，而是专心传播伊斯兰教，直至归真。”

哈拉维说：

“但是，我们都知道萨德·本·艾比·宛葛斯和其他同伴一起埋葬在巴基阿。也许你说的是另一个人，或者这个故事不准确。”

沙姆苏丁说：

“这种说法是祖辈传下来的，所有中国穆斯林都这么说。重要的是，宛葛斯和他的同伴在中国留下了伊斯兰教的美好形象，从那时起，中国社会出现了回族。”

达格米说：

“我原来以为‘回’字来自阿拉伯语的‘兄弟’一词，因为你们是伊斯兰教兄弟。”

沙姆苏丁说：

"'回'字在中文里有很多含义：曲折环绕、答复、掉转、回归等。"

哈拉维说：

"这么说，回归的意思指的是回到他们宗教本源的人们，他们的宗教是他们一出生就带有的，真主以此接受他们。先知曾说，'人以天性而出生'，这个'天性'就是伊斯兰教，所以，他们生下来就是穆斯林，并且知道他们能够回到他们的第一天性。"

沙姆苏丁说：

"哈拉维，解释得好，我还在寻找解释呢。"

阿拉尔说：

"好极了，哈拉维还没有学习一个中文字呢，就成了中文翻译了。"

哈拉维说：

"这就是知识的光明，可以照亮任何黑暗，揭示任何模糊的东西。如果你像你吃饭那样学习，你早就赶上我了，甚至达到让你惊奇的水平。"

大家大声笑起来。

达格米说：

"阿拉尔，你要接受教训，不要接近哈拉维，你的脑子不如他，口才也不如他！"

大家开始休息了，但哈拉维还在仰望夜空，满天繁星闪闪烁烁，就像在装扮新婚之夜。沙姆苏丁走近他，说：

“哈拉维，你也没有休息呢？”

哈拉维说：

“金牛星出现在天空时禁疾走！”

沙姆苏丁说：

“我知道，你很喜欢星相和天文。”

哈拉维说：

“就像你喜欢航海和海洋。”

沙姆苏丁说：

“你知道吗，我首先学的是星相和天文，正像你说的，我原来希望学航海。”

哈拉维问道：

“怎么回事？”

沙姆苏丁答道：

“我小的时候，陪同朱棣王爷的两个儿子在南轩公老师那里学习，他教我们天文。他们俩不爱学，对天文不感兴趣。我认真地听他讲课，我问他：‘你为什么教我们天文，不教我们航海？’”

老师对我说：

“在中国，皇帝禁止航海，所以我不能教这方面的知识。”

哈拉维说：

“沙姆苏丁，你从小就很聪明。我应该叫你‘郑和’，因为我知道了这个名字对你的价值。”

沙姆苏丁说：

“哈拉维，名字只是一个符号，不能说明什么，它本身没有什么价值。我们是朋友，你叫我什么都可以，只要你喜欢。你继续观察星空吧，我知道这个时刻你喜欢独处。晚安！”

（二）

船队经过波斯，驶向印度。沙姆苏丁站在船头，聚精会神地眺望着无边无际的地平线，连哈拉维走近他，他都没有察觉。

哈拉维说：

“我看你的思想已经跑到无边无际的大海上了。”

沙姆苏丁说：

“每逢经过这个地方，我就想起布哈里，就会浮想联翩。”

哈拉维问道：

“为什么你对布哈里有这种感情？”

沙姆苏丁答道：

“哈拉维，它是父辈的土地。我们的曾祖父就来自那里，定居在中国，那里是这个国家传播伊斯兰教的主要源头。”

哈拉维说：

“那里是建筑、科学、医学和哲学发达的地方，出了两名无与伦比的科学家：伊本·西纳和布哈里。”

沙姆苏丁说：

“说得对，哈拉维。伊本·西纳是当时最好的医生，他的医学书籍影响了整个世界，正像你说的，我们那个地方是医学之地，我们的医学成就是不可磨灭的。早期的阿拉伯人把伊本·西纳的部分医学书籍带到中国，书中有几百个药方，让医者受益匪浅。”

哈拉维说：

“他的书籍被翻译成多种欧洲语言，成了所有欧洲国家的主要医学参考书。”

沙姆苏丁问道：

“那布哈里呢？”

哈拉维答道：

“布哈里留下了包含先知圣训在内的最重要、最伟大的著作，这些圣训都是经过分类的，有考证充分的和不够充分的。他把考证不够充分的都剔除出来了，所以直到现在，这部书仍然是先知圣训的主要依据。”

沙姆苏丁说：

“这是一片幸福的土地，经常结出科学、艺术和建筑的硕果。你在回国的途中可以去看看撒马尔罕那块宝地，那是建筑宝地，它展现的是这个国家的建筑达到的最高境界。”

哈拉维说：

“我想探寻全世界。”

沙姆苏丁笑着说：

“既然如此，你就和我们一起待在这个船队，你看如何？”

哈拉维说：

“人要是想做什么就能做什么该多好啊！然而，生活有时让我仅仅心怀愿望而已。伟大的阿拉伯诗人穆太奈比说，‘并非所有的希望都能实现，风经常不遂船意’。”

沙姆苏丁笑着说：

“你还是给我们吟一首别的诗吧，因为我们在海上。”

听了沙姆苏丁的话，哈拉维也笑了，他吟诵道：

“海风伴着船儿走，是海是船又是风，
雄心壮志去追逐，人神难挡我成功，
谁说风不遂船意，勇攀登者达高峰。”

（三）

船队驶向印度，很幸运，海上的气候很适合航行。

沙姆苏丁看到达格米和阿拉尔站在船头，对他们说：

“看来你们的到来给我们带来了好运。这个时期海上气候往往是不好的，特别是在这个地区。但是，这一次出奇地平静。赞美真主，尽管昨天哈拉维给我吟了一首诗，让我很担心海上的气候变化。”

阿拉尔说：

“赞美真主，愿真主保佑气候一直这样。不过，为什么这么担心气候变化呢？”

沙姆苏丁说：

“让我告诉你，你就明白了。两年来，海上的狂风暴雨已经吞噬了六名海员的生命。”

达格米说：

“天呀，这么厉害？”

阿拉尔说：

“我们说些好事吧，别再提这种令人担忧的事了。”

沙姆苏丁问道：

“听，是什么声音？”

达格米答道：

“是哈拉维在念诵《古兰经》，他选读《古兰经》，每天早晨必须吟诵一段。”

沙姆苏丁赞叹道：

“他的声音多好听！不过，他诵经的方式和我们的不一样！”

达格米问道：

“你们中国有诵经的方式？”

沙姆苏丁答道：

“有，是一种高音朗读的方式，祈祷之后我们聚在一起，以统一的声音重复《古兰经》的一些经文。”

阿拉尔说：

“让我们听一听你们的诵经方式。”

沙姆苏丁说：

“我们诵经通常是集体吟诵，我就给你们读一下‘开端章’。”

他开始读经，随着声音节奏的变化晃动自己的脑袋，还很动情地闭上眼睛，然后，用双手摸了摸脸。读完经文后亲吻了一下手掌。

阿拉尔说：

“你好像是用中文读的《古兰经》，不是阿拉伯语。”

沙姆苏丁说：

“我们在吟诵《古兰经》的时候用阿拉伯语，如果你听多了，习惯了我们说话和诵经的口音，你就能听懂我们说什么了。”

达格米说：

“说得对，我们阿拉伯人也是这样，各个部族的口音有很大差别，几乎不能互相听懂。”

沙姆苏丁说：

“我们来听听哈拉维的声音，他诵读的声音我很喜欢。”

（四）

印度加尔各答海岸进入视线，船员们准备靠岸抛锚。港口上站满了前来欢迎的人，人群中为首的是加尔各答州长，还有很多官员，尤其是穆斯林。他们都是来迎接郑和的，可见他在他们中间拥有很高的地位。

船队到达港口，船上的人走下船。欢迎仪式开始，一群儿童列队站在码头两侧，把玫瑰花抛向他们，把茉莉花花环戴在他们脖子上。加尔各答州长笑容满面，和全体迎接者一起向沙姆苏丁（他们都叫他郑和）致意。他们双手合十，放在下巴下，多次低头，同时倾斜躯干。沙姆苏丁用同样的方式向他们致意。

有一个人从人群中走出来，来到沙姆苏丁跟前，用同样的动作向他致意，然后拥抱他，说道：

“欢迎我们最亲爱的朋友。”

他是商人特鲁斯，似乎深得沙姆苏丁敬重，他们拥有亲密的友谊且彼此信任。

加尔各答州长在他的宫殿里为沙姆苏丁举行了正式的欢迎仪式，然后在商人特鲁斯的陪同下，他们来到海边山上的一个地方。在这里，可以看到城市的全景，对面就是汪洋大海。他们来到一幅大型壁画前，壁画周围环绕着金色链条围栏。壁画包括本地区地图，标出了丝绸之路各站的位置，从中国经过周围各国，到达北非和南欧，地图中心刻着汉字。

沙姆苏丁说：

“哈拉维，你知道这是什么吗？”

哈拉维说：

“这是丝绸之路的地图，但是里面刻的字我不认识。”

沙姆苏丁说：

“这是皇帝的一首诗，诗的题目就是‘呼吁和平’，诗的开头是这句话，结尾也是这句话。在这首诗里，皇帝确定了大明王朝对世界的使命，他谈到，他呼吁和平与合作是为了各国人民的福祉，为了实现公正和所有人的真正和平。”

哈拉维说：

“太好了！”

沙姆苏丁说：

“不仅如此，会让你感到意外的是诗的这一部分。”

他指着几行字说：

“皇帝在这里谈到了伊斯兰教的使者穆罕默德，认为他是传播和平，为和平而战的最重要的伟人。”

达格米说：

“真主伟大，太好了，中国太好了，中国文化太好了，中国皇帝太好了！”

沙姆苏丁说：

“中国的统治者一直欢迎传播伊斯兰教，像我以前告诉你们的那样，对于他们来讲，先知穆罕默德有着很高的地位。”

哈拉维说：

“因此，穆斯林和中国之间从来没有发生过任何冲突？”

沙姆苏丁说：

“从来没有，仅有一次几乎发生冲突，但随后被巧妙地解决了。”

达格米问道：

“怎么回事？”

沙姆苏丁答道：

“倭马亚王朝时期，穆斯林领袖卡提巴·本·穆斯林·巴黑利到达中亚，在他即将征服布哈拉和撒马尔罕时，这个地方的统治者向中国皇帝求援，中国皇帝支援他们抵抗穆斯林军。穆斯林获胜后，卡提巴·本·穆斯林·巴黑利发誓不踏上中国土地绝不回去。这时，皇帝很聪明地缓和了事态，他给穆斯林领袖送去了礼品和珍贵文物，礼品当中有一些从中国带去的土壤，让他踏上，从而履行了他的誓言。事后，卡提巴接受了协议，倭马亚哈里发准许了他的做法，这样既避免了穆斯林流血，也避免了中国人流血，从而也一直保持着他们和中国友好与合作的关系。”

哈拉维说：

“是的，诗人赛瓦达·本·阿卜杜勒·马利克·苏鲁里用他的诗确认了这一事件，他说：

‘你遣去中国的使者按计划行事无可厚非，

只有勇士胡贝拉[1]没有辱没尊严。

他履行了你赋予的使命，

并帮你摆脱了违誓的困境。’”

沙姆苏丁说：

“这种合作在阿拔斯王朝曼苏尔哈里发时期达到顶峰，不仅仅是贸易合作。唐朝的肃宗皇帝被造反者夺走皇位，向曼苏尔哈里发求援，哈里发派出四千名穆斯林士兵，也有人说派出了两万名士兵，帮助皇帝夺回了皇位。”

哈拉维说：

“伊斯兰教是主张全世界和平的。真主说：‘我派遣你，只为怜悯全世界的人。’（21：107）”

沙姆苏丁说：

---

[1] 卡提巴的部下，也是在此次危机中前去面见中方代表的穆斯林使节中最英勇、忠贞的一位。

“你们现在看到的皇帝的这首诗也提到了这一点。”

哈拉维、达格米和阿拉尔站在壁画前，好像他们能读懂皇帝写的关于先知的这首诗。沙姆苏丁跟商人特鲁斯说着什么，他们听到他说：

“没关系，我的朋友，你以前已经做得很好了。”

商人特鲁斯表示非常感谢，然后就离开了。

好奇心敦促阿拉尔问沙姆苏丁，商人特鲁斯为什么对他如此感激不尽。

沙姆苏丁说：

“他请求先不支付货款，因为他现在没有准备好货款，我毫不犹豫地答应了。”

阿拉尔赞许地说：

“沙姆苏丁，你真慷慨！”

沙姆苏丁说：

“不，他很慷慨！”

阿拉尔问道：

“为什么这么说？”

沙姆苏丁答道：

“当我们第一次来加尔各答的时候，我看到这里生意繁荣，我从特鲁斯那里取走了货物，但是没有付钱，后来才付了钱，因为很长时间以后我才得到钱。这期间我们取走的货物的价格已经上涨，但是这位诚实的商人坚持要我们按过去商定的价格支付。”

达格米说：

“一个多么诚实、高尚的人。”

沙姆苏丁说：

“这正是这座城市让我特别欣赏的地方，在这座城市，契约可以通过眼睛、语言和手势达成，不论事情大小，没有任何人会违背契约。”

哈拉维说：

“他们赢得了生意。先知说：‘真主怜悯宽容的人，如果他卖，如果他买，如果他需要。’”

沙姆苏丁说：

“多好的圣训啊，我要把它翻译过来，悬挂在我建立的贸易城的墙上。”

达格米问道：

“我们在哪里与阿米尔会合？”

沙姆苏丁答道：

“已经和他说好了，他来这里找我们，然后我们从加尔各答港出发，两天内他会来到我们这里。”

哈拉维说：

“这是一个很好的机会，可以好好看看这座美丽的城市了。”

（五）

阿米尔来到了加尔各答，见到了达格米和沙姆苏丁，告诉他们他的生意和旅途都很顺利，像往常一样，他对这次旅行很满意，买卖都有收获。

船队准备出发前往锡兰。

沙姆苏丁说：

“我们的下一站对于佛教徒来说，其地位相当于穆斯林心目中的麦加，那里有来自四面八方的佛教徒朝圣的神圣寺庙。”

哈拉维说：

“那么说，它是一个和平、友爱之地，就像麦加对于穆斯林那样。”

沙姆苏丁说：

“是的，现在是这样。”

达格米问道：

“你用了‘现在’一词是什么意思？过去不是这样吗？”

沙姆苏丁答道：

“经历了重大事件。”

哈拉维掏出笔记本，准备记录。他说：

“沙姆苏丁，给我们讲讲这个事件。”

沙姆苏丁说：

“皇后就像我的慈母，我带领船队第二次出航的时候，她要我到大佛寺去为她祈福，并在锡兰建一座比明朝已有寺庙更豪华、更庄严的寺庙。皇后和皇帝还让我带上了送给佛教朝圣者的礼物。当我决定去麦加的时候，她也是这样嘱托我的。她非常尊重伊斯兰教，谈起先知穆罕默德时充满敬意，她把《古兰经》放在自己宫中，我经常看到她读中文版的《古兰经》。

“当我到达锡兰海岸时，感觉气氛不对，好像那里做好了抵抗船队的准备。我派了两个代表，让锡兰国王放心，告诉他我们此行的目的。事态有所缓和，他允许我们在锡兰港安全停靠。随后，我命令我的人把皇上要我们送给佛教朝圣者的礼物和赠品卸下船来，锡兰国王亚烈苦奈儿似乎不想给朝圣者发放礼物，他想像过去那样自己独占。我知道他以最卑劣的方式利用朝圣季，朝圣者的一举一动都要缴税，而应该向朝圣者提供的服务，他也拒绝提供。”

阿拉尔说：

“你好像在说麦加谢里夫的儿子！”

沙姆苏丁继续说道：

“我当时对此人心怀疑虑，我不相信他会履行保证我和船队安全的承诺。当他邀请我和我的将领们去他的王宫，欢迎我们到访锡兰时，我让我的得力助手，同时也是我的朋友王景弘留在船上，不准离开船队，船队指挥吴宣也留在船上。

“当我来到亚烈苦奈儿的王宫时，他很明显是在演戏，他像说梦话那样和我交谈，他先是赞扬船队和船队的能力，表达他对船队的惊叹之情。因此，他决定把船队留在锡兰，不准离开，谁都不能阻止他实现这个愿望。

“他的话就是对我的威胁，我注意到这个邀请就是为了控制我以及和我一起来的人。值得庆幸的是，我一直相信他是个狡猾的人，我不会忘记过去他曾背信弃义地杀害了皇帝的六个使者。尽管他曾为那个事件道歉，强调希望和我们睦邻友好，但是，我绝不会相信他，绝不会相信他的承诺，那只不过是他一贯的谎言而已。所以，我对他早有准备，我和我的人约定了暗号，一旦我发出暗号，他们就进攻王宫，把我从这个狡猾的国王手中解救出来。

“我对亚烈苦奈儿说：‘没有人能比锡兰国王更有资格拥有这支强大的船队，这支船队适合交给伟大的国王和像锡兰这样的国家’。我站起来宣布：‘从今天开始，这支船队就是伟大的国王科威姆·巴图尔的了（科威姆·巴图尔是锡兰国王最喜欢的名字）。为陛下这一伟大胜利，我们干杯！’我命令我的人在王宫庭院里燃放烟花，让大家都知道今天是锡兰王国的节日。

“我的人点燃了烟花，照亮了锡兰的夜空。亚烈苦奈儿哈哈大笑起来，他的笑声都赶上烟花爆竹的爆炸声了。没过几分钟就听到王宫外面一片嘈杂声，不一会儿，我的士兵就把我和国王团团围住。”

阿拉尔问道：

“烟花就是信号？”

沙姆苏丁答道：

“是的，这就是我和我的人约定的信号，在我和我的士兵们执行控制王宫计划的同时，船队周围的战斗也打响了。亚烈苦奈儿的军队包围了船队，我的助手、好朋友王景弘英勇地保卫船队。但是他面临两个难题：

“一个是船队指挥吴宣的态度，他好像在利用这件事发泄对我的嫉妒和仇恨。他对士兵们宣布说我在锡兰国王的王宫被杀了，他们应该带领船队回中国。

“王景弘的态度很关键，他和支持他的人决定把指挥吴宣抓起来，并把他关进了船上的监狱。

“另一个是，亚烈苦奈儿国王的人对朝圣者说，中国船队是来加害他们并破坏朝圣季的，他们应该反抗中国船队，保卫他们的宗教和圣地。打着宗教的名义煽动信众是多么简单的事呀！这样，这里就将爆发反对朝圣者的战斗，就意味着被蒙骗的无辜者将会流血，这是我的士兵不能做的，因为他们中很多人是信仰佛教的，他们不可能把武器对准朝圣者，不可能破坏朝圣季。

“真主保佑我们，这时，来了一群和尚，他们知道中国船队给他们带来了礼物，知道我想为佛祖建一座豪华的寺庙。于是，他们把朝圣者和船队隔开，他们的大和尚说：

‘这些人是为了佛祖和佛祖的朝圣者而来的，他们不想伸手加害我们。如果你们想要证明我们的话是对的，就先等几个时辰，如果天上降下我们期盼的及时雨，那就证明我们的话是真的。’

“人们都安静下来，眼睛望向天空，心都提到了嗓子眼，盼望着和平的、挽救几千人生命的及时雨。天上刚掉下几个雨滴，人们立刻欢呼起来，跪在地上磕头谢恩，就连一些国王的士兵也被这个伟大的神迹惊住了。人群散开了，只剩下了和尚和准备保卫船队的士兵。上天证明这支船队是受到祝福的。”

哈拉维说：

“沙姆苏丁，你太优秀了，你真是一个经验丰富的卓越的政治家，是有福之人！”

达格米也说：

“烟花计划真是妙极了！毫无疑问，有生之年你会一直以此为傲的，因为它把你从死神的魔爪中拯救了出来。”

沙姆苏丁说：

“今天从死神魔爪中拯救你的东西，也许哪一天又把你扔进死神的牙齿间！”

哈拉维问道：

“此话怎讲？我感觉你话里有话。”

他抽出笔，准备好纸，好像准备享受一顿美食。

沙姆苏丁笑着说：

“哈拉维，你猜对了。我小的时候，烟花差一点儿要了我的命。”

达格米问道：

“怎么回事？”

沙姆苏丁答道：

“老皇帝想调查他的儿子朱棣王爷，也就是现任皇帝是如何算计他的，于是在王爷家中安插了布政使胡诚监视他，胡诚向老皇帝说了不利于王爷的话，令老皇帝对王爷勃然大怒。王爷的儿子小王爷为了报复胡诚，在胡诚的轿子里燃放烟花，烧毁了轿子。王爷知道后非常生气，小王爷知道自己闯下大祸，便把事情推到我身上，说这件事是马和干的。王妃知道了这件事情后，要我代小王爷受过，她承诺会劝说王爷赦免我。我同意了，就撒谎说是自己干的。但是，出乎我们的意料，王爷非常愤怒，甚至想要将我处死。”

阿拉尔问道：

“要是当时你反悔了，说出实情呢？”

沙姆苏丁答道：

“决定了的事情再反悔不是男人所为，即使面临危险。若我不去维护王爷的家人，那不是大丈夫气概，我对王爷一家必须忠心耿耿。”

达格米说：

“一个孩子能有这种立场真是不可思议。”

沙姆苏丁说：

“姚广孝知道真相后也这样说，他依仗自己在王爷面前的地位，说服王爷赦免了我。”

哈拉维说：

“这个和尚救了你一命。”

沙姆苏丁说：

“姚广孝曾多次救过我的命，他帮助我也不只这一次。他始终是诽谤者和嫉妒者难以逾越的障碍，这些人一直想扳倒我，破坏王爷对我的信任。

“这个人是我的精神之父，因此，虽然我从不拒绝王爷要求我做的任何事，但当他要我杀了姚广孝的时候，我拒绝了。”

达格米惊讶地说：

“什么？他要你杀了他？你不是说他在王爷那里有很高的地位吗？”

沙姆苏丁说：

“是的。但是，当老皇帝和王爷结怨后，老皇帝立他的孙子为太子，而不是王爷。王爷患上了严重的心理疾病，他随意斥责人。姚广孝就是被王爷迁怒的人之一，王爷命令我杀了他。”

哈拉维问道：

“你是怎么做的？”

沙姆苏丁答道：

“我去了姚广孝的禅房，告诉他王爷的意思，我在他身边待了一夜，我们一起等待着死亡的来临。”

达格米问道：

“王爷是怎么做的？”

沙姆苏丁答道：

“可能是王妃使他恢复清醒了，他很后悔自己的决定，他追上我，阻止我执行他的命令。当他看到我就在姚广孝的身边时，我认为他会抽出宝剑，把我的头砍下来，于是我跪在他面前，认命了。但是他把我扶起来，拍了拍我的肩膀，好像在感谢我没有执行他的命令。然后，他跪在姚广孝的面前，请求他的原谅。”

哈拉维说：

“就是这样，很多人靠近国王和王子，就像蝴蝶被灯火的光明吸引而不断靠近，直到被灯火灼伤，甚至为此付出生命的代价。”

达格米说：

“沙姆苏丁，你的一生真是跌宕起伏。”

哈拉维说：

“这就是伟大人物的道路，正像诗人所说：

‘决心大小取决于下决心之人！’”

达格米问道：

“锡兰国王和船队指挥怎么样了？你是怎么处置他俩的？”

沙姆苏丁答道：

“至于锡兰国王，我把他带到了中国，把他交给了皇帝，由皇帝发落他。皇帝征求大臣们的意见，他们一致认为应该处死他。但是我有不同看法，我认为把他软禁起来就可以了，任命锡兰一名公正的总督代替他，以免在我们路过国家的民众中引起对明朝势力的恐慌，这样也不会与我们传播和平的使命相矛盾。赞美真主，皇帝采纳了我的意见，赦免了锡兰国王，解除了他的统治。从此，锡兰的局势平息了下来。”

达格米又问道：

“船队指挥呢？”

沙姆苏丁答道：

“至于船队指挥，我知道了他的所作所为后，决定把他一个人流放到荒无人烟的新加坡岛上，让他自己在岛上孤独地死去。这个决定给我带来了很大的麻烦，诬陷者利用这个决定，到皇帝那里诬告我越权处置皇帝的高官，并称这证明我想凌驾于皇权之上，图谋不轨。

“他们的阴谋几乎得逞，皇帝大怒，拒绝我去见他。要不是我的助手王景弘作证吴宣干了些什么，要不是姚广孝从中调解，向皇帝说明真相，如果没有他们两人，我早就没命了。”

哈拉维说：

“你说得对，姚广孝真是不止一次救了你的命。”

（六）

船队到达了锡兰，像在印度一样，前来迎接的人很多。人们注意到了沙姆苏丁与锡兰新国王的友好关系。锡兰的宗教人士和民众也都接受这位新国王。

欢迎仪式结束后，船队没有停留多久就出发了，因为根据计划，船队接上新国王和他的部分大臣以及一些商人后，就要赶去出席在紫禁城举行的皇家庆典，丝绸之路、和平之路、沙姆苏丁之路所经过的所有国家的代表也都将出席庆典。

船队出发了，继续驶向中国。船队越往前走，船上的人就越多，各个代表团和礼物都上船了，船队变成了亚洲、中东和非洲市场的缩影。

船队经过一座岛屿，岛上树木高大，郁郁葱葱，挡住了人们的视线，看不到其他东西。沙姆苏丁指着这座岛说：

“看，这就是新加坡岛，是我们流放船队指挥吴宣的地方。”

这座岛看上去很荒凉，没有任何有人居住的迹象，但是有凶猛的野兽和奇怪的生物。

阿米尔看着沙姆苏丁，眼中充满了悲悯：

“你把船队指挥吴宣流放到这个荒蛮的地方，这种处罚难道没有超出他决定带领船队回国的罪行吗？也许他当时真的认为你被杀了呢！”

沙姆苏丁笑着说：

“阿米尔，如果吴宣仅做了这一件事的话，你说的是对的。”

哈拉维问道：

“除此之外，他还做了别的事情？”

沙姆苏丁答道：

“是的，在这次事件之前，他就另搞一套，使我对他产生了怀疑，不再信任他了。”

阿拉尔问道：

“什么？他做了什么？”

沙姆苏丁答道：

“我们船队第一次出航有两个目的：一是向世界发出中国是和平倡导者的信息，我们的目标是与中国的所有邻国合作，实现共同富裕和繁荣，这一点需要睦邻原则。

“二是消灭海盗，海盗的威胁很严重，已经成为地区不安的根源，不仅威胁到我们，也威胁到地区内所有国家。他们的存在和横行霸道对中国来说是一种耻辱，他们拦截我们的商人，抢劫他们的财物，恐吓赤手空拳的旅行者，这些都是对我们的直接侮辱。我不会忘记海盗拦截中国商人，发出了侮辱中国皇帝信息的场景，皇帝命我一定要打击他们，消灭他们。

“海盗的首领叫陈祖义，他狡诈、阴险、残暴，做事不计后果，他曾抢劫过访问中国回来的文莱苏丹的儿子。

“我知道自己肩上的任务重大，嘱咐我的士兵们要全面做好准备，保持高度警惕。

“我们从线人那里得到不太准确的消息，说海盗陈祖义和他的同伙藏在渤林邦岛上。我们到达那里，下了船，潜入岛内寻找他们，但是没有找到一个人。找了一段时间后，我们感觉很疲乏，就来到一口井旁，部分士兵刚喝了井里的水，就恶心呕吐，我马上意识到井里有毒，就带领我的士兵来到岛的东岸。这时，我们发现茂密的树枝中有一些人影，我们便认为找到了目标，可以收网了。自从踏上这座岛以后，我们一直悄无声息，不留痕迹。但我们冲过去后，才发现是些稻草人，我意识到我们中了圈套。

“我呼喊我的士兵们保持警惕，赶快拿出盾牌。我猜得没错，没过一会儿，箭从四周向我们射来。如果没有盾牌的掩护并迅速撤退，我们就会全军覆没。

“我们找到了海盗藏匿的地方，开始追杀他们并很快打垮了他们。他们一部分人被杀，另一部分人逃向大海。

“在这场战斗中，海盗陈祖义就来到了吴宣指挥的船队，我不知道海盗是如何说服吴宣和他们合作的，也许是利用了吴宣对我的仇恨和嫉妒，他才接受和海盗合作的。他决定带领船队回中国，而不去岛的东岸帮助我们战斗，或等待我们回来。海盗没有想到我们这么快就消灭了他的人，船队尚未启航，我们就赶回来了，这令海盗和吴宣都大吃一惊。

“吴宣说他调动船队是为了远离海盗，我不会相信他的话，但还是假装相信他说的话，因为我需要他来引导船队。我内心里也希望他这次错误只是一时失足，希望他能从中接受教训，避免再犯类似错误。然而，很遗憾，他又一次这么做了。所以我才处罚他，把他流放到这座岛上。”

哈拉维说：

“我们有句阿拉伯谚语是‘不要在同一个洞里被咬

两次’。”

沙姆苏丁说：

“说得对。所以，当我们应锡兰国王邀请去王宫时，留在船队的不只他一个人。”

达格米说：

“你真是一个经验丰富的统帅！”

沙姆苏丁说：

“然而，我还是原谅了他，在我们后来一次出航时，我们回到岛上把他接走了。”

达格米问道：

“你们找到他时，他还活着吗？”

沙姆苏丁答道：

“是的，他还活着，但是很衰老，在岛上一年就像过了二十年。”

哈拉维说：

“惨痛的教训，但是罪有应得。”

沙姆苏丁说：

“我对他还是施以了仁慈，如此一来，正义也就不再显得冷酷无情了。”

达格米说：

“正义的内涵带有最高级别的仁慈，对于被正义处罚的人，从表面看也许很残酷，但对于受害者，它就是仁慈的。”

阿米尔说：

“你说得对。但是仁慈有高尚的含义，正义却没有。仁慈是比正义更加崇高的一种境界，正义可以治愈受害人，可以抚平作恶者导致的不平和痛苦，而仁慈则可以消除这些负面情感，因而要高尚得多。摩西五经的法则是：以眼还眼，以牙还牙。《古兰经》确定了这一原则，因为它能实现正义，能够使崇拜者的生活变得正直，可以说是对每个人的必要规定。对于那些能够管控自己且具有高尚道德的人来说，则可以要求他们仁慈和宽恕。真主说：‘宽免是更近于敬畏的。’（2：237）”

沙姆苏丁说：

“是的，阿米尔，宽恕需要宽恕者有力量，能够让他克服复仇、冲动的人性弱点。”

哈拉维说：

“复仇是一种动物的本性，宽恕则是仁慈的真主的一种神性特点，当人要实施宽恕，则是他精神中神性的体现。”

阿拉尔说：

“在这荒凉的岛上过一夜我都很难想象，更别说过一年了！”

哈拉维说：

“你知道吗？一个人在岛上独自生活，在荒无人烟的地方过着野蛮的生活，可能会使人具有猛兽的某些特性，但是人的高贵本性会一直存在，并通过这一本性认识到真主的存在。我在看着这个荒野的岛屿时，脑子里曾有过这个想法，而且想起了哈依·本·亚格詹的故事。”

沙姆苏丁问道：

“哈拉维，哈依·本·亚格詹是谁？”

哈拉维答道：

“这是安达卢西亚伟大的文学家、哲学家伊本·图菲勒撰写的故事，他在故事里谈到了这种想法。他设想，一个刚出生的孩子被命运抛弃，丢在像刚才我们谈论的那样的一个无人岛上，被一只正在寻找孩子的羚羊喂养照料。孩子长大并有了认识能力后，羚羊死了。哈依·本·亚格詹开始了一系列关于存在问题的思考，他通过他敏锐的认识能力和卓越的智力，认识到了造物者的存在。”

沙姆苏丁说：

“这个想法很好，哈拉维，希望你能送我这本书。”

哈拉维说：

“但是你看不懂，除非让你的翻译把它译成中文。”

阿拉尔笑着说：

“沙姆苏丁，最便捷的办法就是你学习阿拉伯语。”

沙姆苏丁说：

“为什么不呢？但愿有这么一天，到那时，我会比你们说得都好。”

大家都笑了。在淡淡的月光下，在这比以往更富有诗意的适合聊天的夜晚，他们继续夜谈。

月光消失时，哈拉维告别大家，独自来到一处，开始观察闪烁的群星。

（七）

一座景色美丽、色彩斑斓的岛屿映入众人眼帘，岛的岸边聚集着一群漂亮的女人，她们跳舞，弹奏乐器。她们中间有一个女人，安坐在像王座那样的椅子上。

达格米赞叹道：

“这个岛真是太棒了！”

哈拉维说：

“根据我手中的地图，这可能是巴厘岛。”

阿拉尔说：

“我们下船，去这个岛上待一会儿。这里实在是太漂亮了。”

达格米笑着问：

“你是说岛漂亮还是说岛上的人漂亮？”

阿拉尔笑着说：

“只有有了人，岛才显得漂亮！”

哈拉维笑着说：

“要小心她们，我听说她们凭两把剑英勇善战，一把是眼睛，另一把是手。”

阿拉尔说：

“这样纤细的手是剑？能打仗？女人的事，你懂吗？你是历史学家、哲学家、语言学家，女人的事还是得让我来，你潜心研究学问给了我们在其他事情上超越你的机会。”

达格米说：

“沙姆苏丁可以为你们做裁决，等他来了，我们问他女人的心思到底如何。”

哈拉维笑着说：

“你将会确定我潜心研究学问是不是真的就不关心其他事情。”

他们正在争论，沙姆苏丁来了。达格米哈哈大笑。

达格米说：

“我们想问问你关于眼前的这个岛和这里的女人。哈拉维说，她们非常美丽，但她们也会用剑英勇作战。他说的是真的吗？”

沙姆苏丁说：

“哈拉维，你的学问一直让我感到惊奇，你是怎么了解她们的？”

阿拉尔喊起来：

“这么说，他说的是真的啦？”

沙姆苏丁说：

“是真的，我会把我和她们的经历讲给你们听。”

阿拉尔说：

“赞美真主，幸亏我没和他打赌！”

沙姆苏丁说：

“在我来到这个岛之前，海盗陈祖义就来过这里，他狡猾地说服了岛主西娜尔，让她以为我和我的人都是海盗，我们来是要占领这个岛。当我们带着皇帝送给她的礼物登上这个岛的时候，我们就像阿拉尔想的那样，以为我们来到了美人岛，面临的只有玫瑰花和茉莉花。没想到我们面前竟是从来没见过的、凶残的女战士。经过激烈的战斗，我们击败了她们。西娜尔发现中了海盗陈祖义的诡计，她和她的卫兵们帮助我们抓住了陈祖义和他的同伙，把他押解到皇宫斩首，其他人被赦免，但条件是他们为船队提供服务。”

阿拉尔疑惑地说：

“我还是不明白，武力和美丽会同时存在于这些闪闪发光的身体中！”

达格米笑着说：

“你已经知道了，要当心你说出煽情的话语和微笑，可能会搭上你的后半生啊！”

大家大笑起来，这时，水手们准备在岛的岸边抛锚。

巴厘岛像一位盛装的新娘，到处是树木、岩石和美丽的人群，她们红润的脸上挂着微笑，显得更加靓丽迷人。少女们随着欢快的音乐，摇摆着腰身，翩翩起舞，像天堂的仙女。还有部分少年令人惊奇地驯服了体积庞大的动物——大象，大象也佩戴着五颜六色的装饰，脖子上挂着玫瑰花环，鼻子上缠着彩带，与骑着大象的少年一样可爱喜人。在挤满了载歌载舞的美女的走廊末端，站着两只长颈鹿，它们就像婀娜多姿的美女一样靓丽，像两个卫兵守卫着美丽的女王西娜尔。西娜尔端坐在宝座上，宝座闪闪发光，不知是因为镶嵌在上面的宝石在发光，还是因为坐在宝座上的人在闪耀光芒。

场面很精彩，气氛令人振奋。美女组成的乐队演奏着高昂动听的乐曲，鸟儿叽叽喳喳，空中和平鸽咕咕吟唱，海面闪烁着浪花，伴着鲜花的芬芳、少女的馨香和印度香料的香气。

庆祝和欢迎的气氛一直持续到天空张开双臂，拥抱已经不再光芒耀眼的夕阳，就像天使在拨弄一个合眼欲睡的孩子的眼帘。

随后，人们都回到他们的下榻之所。接下来的这一天将在拂晓的微风中成为巴厘岛上难忘的一天，因为它是郑和寺开幕的日子，郑和寺早在沙姆苏丁上一次访问时就已动工修建了。

清晨刚一呼吸到清新的微风，准备工作就已经在一座巨大的建筑物前如火如荼地展开了。建筑的每一处都设计得精美豪华，周围是歌舞的花园，花园中间是一尊巨大的佛祖雕像。

沙姆苏丁和巴厘岛岛主西娜尔肩并肩来到现场，走在他们两侧的是一群身着橘黄色衣服的和尚，后面跟着的是来自印度尼西亚、占婆古王国、爪哇、苏门答腊、新加坡、印度、文莱和马来西亚的代表以及巴厘岛的要人。至于普通百姓，则从四面八方赶来，把场地团团围住，就像是朝圣季。他们来到佛祖像前，跪拜在地。

达格米对哈拉维说：

“你看，他们在崇拜偶像！”

阿拉尔也说：

“太奇怪了，沙姆苏丁和他们一起跪拜！”

哈拉维小声地说：

“现在不要说话。”

达格米兄弟和其他来自阿拉伯半岛的人此刻就像是多彩沙漠中的椰枣树。随后，跪拜者抬起头，沙姆苏丁开始讲话，他一反常态，声音洪亮，充满激情，讲的是中文，达格米兄弟一点儿也听不懂。但是，他的手势和有含义的动作取代了翻译，翻译在忙碌地履行自己的职责，紧跟沙姆苏丁的讲话，还要观察现场。

沙姆苏丁招了一下手，礼物送了上来，有各种颜色、各种款式的丝绸，有镶嵌着美丽图案的中国瓷器、铜镜、宝石、各式各样的装饰品，还有装在由宝石、贝壳装饰的榉木箱子里的大量书画，以及他购买的福韦里特的珍珠项链。他购买了很多这种珍珠项链，在这个庆典中，他好像把其中大部分都拿了出来。

贵重的礼物相继送了上来，从人们的面前传递过去，人们不断发出惊呼声，好奇心促使阿拉尔推醒了正在打瞌睡的翻译。

阿拉尔问翻译：

“他们说什么呢，给我们翻译一下。”

翻译说：

“他们在高呼，为了伟大的佛祖！”

达格米说：

“没办法，这一切都是为了一个偶像！我看他们是迷途了！”

阿拉尔说：

“万物非主，唯有真主。他们怎么会崇拜一个佛像呢？它没有让眼睛失明，而是让胸中的心灵失明了！”

哈拉维听着他们的谈话，没有说什么，好像顾不上听他们说什么，他只是专心地记录庆典所发生的一切。

和尚们长跪在寺庙门前，他们面前站着一个和尚，从外表看是他们的长者，是方丈。他不停地吟诵着带有韵律的声音，他们谁也没有抬头，直到诵经完毕。随后，他们起身走进寺庙内，寺内金碧辉煌，随处可见雕像和绘画，他们好像准备祈祷。这时，沙姆苏丁回到寺庙门口，一路上每个和尚都向他行礼。达格米兄弟的陪同者示意他们跟上他。当沙姆苏丁和达格米兄弟都走出寺庙后，沙姆苏丁才有机会走近他们，看看他们是否一切都好。

沙姆苏丁问道：

“哈拉维，你看这座建筑怎么样？岛上的人用我的名字‘郑和’来命名这座寺庙，以感谢我们为他们赶走了海盗。”

哈拉维答道：

“建筑很伟大，既有整体建筑的庄重，又有各个细节的豪华精致。”

达格米说：

“沙姆苏丁，如果我没有看到过你紧靠着天房罩幕，无比激动，泪流满面的场景的话，我一定以为你是个佛教徒，你跪拜这个偶像！”

沙姆苏丁解释道：

“达格米，我是穆斯林，是一神论者，不是一个多神教徒。你看到的，只是一种习惯，与我们的心灵无关，是我们的先辈传给我们的习惯。环境有它自己的习惯和传统，身处其中的每一个人都应尊重它，哪怕他们的爱好和信仰不同。”

达格米说：

“可是你是穆斯林，你只能跪拜真主。”

沙姆苏丁说：

“你还记得我告诉过你吗？中国皇帝允许来自阿拉伯半岛的穆斯林宣传伊斯兰教，而不必向他下跪，因为这有悖于他们的宗教本质。他接受他们这样做，是因为他们不是中国人。假设他们是中国人，他不会接受他们违背这一象征国家主权的传统。

“我读过先知的圣训，先知说‘真主看心灵，不看面孔和躯体，我的心永远只崇拜真主’。”

哈拉维说：

“伊斯兰教是为全人类而来的，不是为了某一个民族、某一个人种。真主说：‘我使你们成为许多民族和宗族，以便你们互相认识。’（49：13）人类之间的不同是真主的旨意，‘假若你的主意欲，他必使众人变成为一个民族。’（11：118）这样，让我们之间有讨论，让每一族群选择与他人不同的道路。通过这种不同，达到真主希望的互相认识，让他们统一到真主的神性下并伊斯兰化。

所以，伊斯兰教把他们包容在它的旗帜下，尽管他们生活的环境不同。我给你们讲一个欧麦尔·本·哈塔卜和埃及尼罗河的故事。欧麦尔给尼罗河带去信息，即使埃及人把他们最漂亮的女儿作为贡品献给它，希望它不要停止剥夺埃及人生命的洪水。那一年尼罗河还是发了洪水，从而结束了几个世纪以来牺牲了许多埃及姑娘生命的社会风俗。那时，伊斯兰教对待这种与伊斯兰教本质相矛盾的习惯，就是尊重它，没有蔑视它，也没有与它发生冲突，没有用武力镇压它。这就是伊斯兰教的美妙，它包容所有民族和文化，使之在其保护下安全、安心地生活。”

沙姆苏丁微笑地说：

“你的逻辑，你的高屋建瓴，你的能言善辩，总能给我留下深刻印象。你渊博的知识充实了我的头脑！”

阿拉尔说：

“但是，尽管如此，我是穆斯林，看到这些人崇拜一位名叫佛祖的人，我心里就不舒服。”

沙姆苏丁说：

“不，阿拉尔，他们不是崇拜佛祖，佛祖不是神，是一名智者，他一生寻找高尚的人生真谛，修养心灵，把心灵从贪欲中解放出来。这样，人的品行就决定了他的命运是幸福的还是不幸的。”

哈拉维说：

“这是关于人生的管理，所有的宗教信仰，甚至人类道德哲学，在这方面都是一致的。不过，有关造物主的信仰方面怎么样？佛教在这件事上是怎么说的？”

沙姆苏丁说：

“实际上，中国的大部分宗教对这个问题的关注不是太多。不管是道教、儒教还是佛教，它们更关注人的道德修养，关注如何管理人的今生，不是很关注后世的事，或者天启宗教所关注的信仰事情。”

哈拉维说：

“但是，想象一下，事情的关键是生命是由毁灭法则控制的，它让生命毫无意义。”

沙姆苏丁说：

“但是，佛教对待后世是用一种托生的理念，它使精神永恒，不会死亡，只是根据一个人一生的德行，在不同生命之间轮回，他的德行会把他带到另一种生命形式中。因此，他在前生的品行决定他来世的命运，如果做得好，托生得就好，如果做得坏，托生得就坏。”

哈拉维说：

“伊斯兰教认为，灵魂是神给人的一部分神气，是高尚的本原，是给予人类的荣誉。真主说：‘我确已优待阿丹的后裔，我使他们在陆上或海上都有所骑乘。’（17：

70）佛教理论则把人的灵魂降到万物的级别。

“如果人在他的第一次生命中品行不好，他的灵魂转到一个地位比他低的物种，比如说动物或其他类似的物种，那么该用什么方法重新提升这个灵魂，让其恢复为过去那样高贵的人的灵魂？因为动物的灵魂所受的是本性和欲望的驱使，而不是像人那样，有内在的价值和高贵原则！”

沙姆苏丁说：

“哈拉维，我不相信这些哲学道理，因为我知道这些哲学道理中也包含着人性不足的一面，你在谈话中也指出了一些。我只想告诉你他们对佛祖的观点，佛祖不是神，甚至在佛教徒那里连先知都不是，他只是一个智者，他寻求人的品德修养道路，反对本能对人的控制，戒绝欲望和奢侈。”

哈拉维说：

“我知道这个，不过，很多佛教的道德价值在这一方面与天启宗教是一致的，因为它符合人类健康、纯洁的本性，如向善、和平、尊重集体、遵守时间、勤奋劳动、诚信、表里正直。”

沙姆苏丁高兴地说：

“太好了，哈拉维，你就像在佛教徒中间生活了几十年一样！”

哈拉维说：

“佛教几千年前起源于印度，比一些我们知道的天启宗教还要早。但我们对佛教知之甚少，最高的认知是道德认知，最重要的认知是精神认知。先知在询问精神是什么时，真主命令他说：‘你说：“精神是我的主的机密。”’（17：85）

“这是人与真主的联系。如果人失去了真主的存在，就无法找到灵魂的本质。这是全部中的一部分，如果你否认全部的存在，你就可以到达其中的一部分！”

沙姆苏丁说：

“讲得太好了，如果不是他们已经结束了祈祷，我不会放弃这么有意思的谈话。我们现在该动身了，但愿以后还有机会谈。”

达格米说：

“来日方长，哈拉维的知识就是一口永不干涸的井，不论你什么时候放下水桶，都能为每个问题找到答案。”

人们都散开了，代表团开始离开。阿拉尔离开了这个地方，他东张西望，这里每一个角落都耗资很大，不计成本。沙姆苏丁关于佛祖禁欲主义哲学的言论仍然在他的脑海里回荡，他以印度人晃头表示同意某事的方式，晃动一下他的头，脸上露出意味深长的微笑，然后，快步赶上已经超过他的同伴们。

（八）

船队抵达了占婆古王国（今越南）。船队靠近港口前，数百艘小船围住船队，小船装扮得很漂亮，欢迎仪式很庄重。

哈拉维跟沙姆苏丁说他很担心，这些小船像刚刚出生的小鱼围在庞大鲸鱼周围一样，鲸鱼呼吸一口气，就足以毁灭这些小鱼！

沙姆苏丁笑着说：

"哈拉维，不用担心他们，他们善于掌握小船与大船之间的距离，他们擅长近距离交流，并从中受益，而无须赔偿与大船擦碰的费用，这是占婆之地的哲学。你知道'占婆'一词在梵语中是什么意思吗？"

哈拉维说：

"不知道。"

沙姆苏丁说：

"是城堡的意思。这个国家擅长保护和防御艺术，正如你所看到的，他们用小船围住船队表示欢迎，因为他们知道这样是最好的，对他们是安全的，于是，他们允许船队靠近，进入他们的海岸，但是他们绝不允许船队控制他们，消耗他们的东西。

"这个王国是中国最近的盟友，这里有我们最大的船队基地，是我们必不可少的补给站。因此，我们经常站在他们一边，支持他们反抗任何伤害他们的人。我们同他们一起保卫他们的领土，抵抗某些邻国的入侵。我说和他们一起，是因为他们不允许我们承担保护他们的任务，而是他们坚持在我们的帮助下自己保护自己，尽管两国的力量差距很大。这就是占婆人的特点和这个国家的哲学。

“你知道为什么在我们到达占婆海岸之前这些小船会出来迎接我们吗？他们这么做不是为了殷勤地迎接我们，而是为了强调他们对海岸的主权。任何外国船队只有在他们同意后，并且在他们的监视下，才能停靠在他们的海岸。就是这些小船允许我们庞大的船队进入占婆港！”

哈拉维说：

“多么伟大的主权和尊严觉悟！一个完全了解自己地位的民族才有这种精神。每个和它打交道的国家，即便是大国，也必须了解这种地位和这种尊重，尽管它国家小，物质能力弱！”

沙姆苏丁说：

“这个世界上，任何一种东西都有其弱小的原因，同样，任何一种东西都有其强大的因素。小鸟逃到天空的力量相当于地面上狮子攻击的力量。民族也是一样，一个民族有它弱小的地方，也有真主赋予它的强大的力量。

重要的是要认识到它强大的地方，牢牢抓住它，还要认识到它弱小的地方。”

哈拉维说：

“沙姆苏丁，你说得好。因此，任何一个入侵者对准你的首要武器就是从内部打败你，使你只认识到自身存在的无能和弱小。因为敌人知道，如果你认识到了你强大的因素，他就很难使你屈服于他的统治之下。人内心的软弱变为强大之日，就是避免被吃掉之时。你知道吗？鞑靼人席卷全世界就是依靠这种计划，就是在他们的敌人心中，掀起一场播下恐慌的故事风暴，在他们的敌人内部消除所有抵抗的动力，这样就可以轻而易举打败他们的敌人了。我听说，一名鞑靼士兵在路上遇到一群人，这个士兵对他们说：‘站住，不要动，不然我过去用刀宰了你们。’他们就真的默默地站在那里，一动也不动，让这个士兵把刀架在他们的脖子上。由于害怕，他们麻木了，没有意志了，那时的他们比地球上任何东西都弱小，连逃跑的能力都没有了。”

沙姆苏丁说：

“人如果认识不到自真主创造他以来就具有的内在意志和力量，就不能面对体量和物质力量都超过他的万物。”

哈拉维说：

“意志的武器是真主带给人类的保障，人类用它来抵抗更强大的万物，并使它们屈服于他的统治，真主并没有授予任何物种控制人类的方式。”

沙姆苏丁说：

“我们已经到达了占婆海岸，正像你看到的，船只都停靠在港口，没有发生任何事故，这些小船也没有被撞。我不是和你说过吗，他们擅长和强大者打交道！

‘靠近不会被融化，远离不会不受益’。”

哈拉维微笑着，点点头表示同意。

船队在占婆待的时间不长，因为国王和大臣们都已准备好了需要携带的物品。正式的迎接仪式之后，他们就把物品搬上船队，和大家一起出发，前往紫禁城，参加在那里举行的皇家庆典。

（九）

在到达中国海岸之前，沙姆苏丁召集他的将领和助手们开了个会，和他们商定了港口欢迎仪式的程序。皇帝和皇后以及他的两个儿子会带领众人前来迎接，朝廷所有重臣都会出席，不管是那些赞成船队而为船队辩护的，还是那些反对船队认为它劳民伤财的。因此，不能出现任何纰漏，不能让皇帝失望，也不能让反对者幸灾乐祸。

沙姆苏丁的话语像阳光，既有强大的力度，也有温暖的含义。这是中国驰名中外的一天，它要永存于每个见证者的记忆中，要永远载入历史的光辉一页。船队上所有将领和负责人的事务都已安排妥当，欢迎仪式的全部细节都已告知随同来的所有外国代表团。沙姆苏丁走下船队的时刻到了，他的后面是盟国的国王、王子、苏丹和要人。沙姆苏丁就像从世界西边归来的太阳，照耀着中国，他带来的还有众多的星星，他们也将在紫禁城这座科学之城、艺术之城、美丽之城、智慧之城中升起。

沙姆苏丁朝皇帝走去，他身后跟着各国国王和王子。皇帝看着沙姆苏丁，脸上露出沉思和复杂的表情，并带有一丝微笑。

沙姆苏丁跪在皇帝面前，行君臣之礼，祝贺皇帝继位以来取得的丰功伟绩，赢得的盛世繁荣。皇帝拍着沙姆苏丁的肩膀说：

“郑和，多想和你畅谈一番！你这次航行取得的成就不言而喻，与你一同归来的来自众多国家身份显赫的代表就是证明，这是每个中国人的骄傲，我们为它付出的一切都是值得的。”

沙姆苏丁站在皇帝旁边，各国国王、王子、使节等依次走上前来，向皇帝致意，一一表达了与伟大中国之间的兄弟情义和友谊，并表示希望通过丝绸之路这一繁荣之路、和平之路、安全之路和生命之路，加强富有成果的合作。

他们的话语让皇帝龙颜大悦。他为了迎接来自世界各地的代表团，已经站在那里很长时间了。皇后轻轻抚摸着他的手，表明她很心疼皇帝付出这么大的努力，特别是他的身体才刚刚康复。他微笑着看着她，没有说话，好像对她说，今天他很高兴看到大明王朝的地位，任何疲劳都算不上什么。随后，他离开了一会儿。在这个时候，他想起了登基的那一天，前来祝贺的只有文莱苏丹和日本大使，日本大使带来的贺信中没有写上要祝贺的皇帝的名字，因为他和前任皇帝之间的斗争还没有结果。那个时候他是多么的伤心，对他的帝国的外交状况是多么的失望。这种隐痛在今天得以痊愈，他看到了世界各国国王和王子来到中国，看到了他们走上同一条道路，他们已经站在了帝国的科学、艺术和创造之城的门前，因此，他希望迎接代表的队伍持续一整天。

皇后优雅地微笑着，她的笑容流露出心满意足，这也是她从皇帝的眼睛中读到的。皇后的微笑感染了沙姆苏丁，他一直近距离地端详着皇帝和皇后。他们两人的微笑，皇后轻拍皇帝的肩膀，都是他的成就的证明，是他成功完成使命的证明。他们两人脸上呈现出的愉快表情是对他的感谢和表彰。于是，他开始在代表团间走动，他说：

“大明帝国已决定向全世界张开双臂，拥抱邻居和朋友。在通向各个种族、各种语言、各种信仰和各种肤色的全人类的道路上，我们已经迈出了第一步，伸向他们的是友爱之手、友谊之手、合作之手。正如我们所预料的一样，他们的回应是以全部的爱和欢迎握住大明帝国的手，拉着它来到了这里，来到了大明帝国，带着他们高贵的情谊和真心的赞赏。他们证明他们是最好的同伴，一起走在这条路上，这条繁荣之路、希望之路、富裕之路、丝绸之路上。”

随后，代表团一个接一个地走上前，每个代表团都发表了简短的讲话，与沙姆苏丁的讲话异曲同工。然后，他们向皇帝献上礼物，庆典变成了各种礼物的展厅，每件礼物都带有各自国家和地区的特点。

占婆国王献上的是用象牙木做的中国船队模型，还有一些狮子、大象、鸟之类的稀有动物；巴厘岛代表团献上的是价值连城，同时也深受中国人喜欢的翡翠；印度代表团献上的是质量最好的印度香料、镶嵌钻石的剑和部分象牙制作的宫殿装饰品；霍尔木兹代表团献上的是各种各样的香料、沉香和乳香树；阿曼和也门代表团也献上了各种阿曼乳香、椰枣和著名的也门咖啡豆。

该轮到达格米兄弟了。达格米献上剑、长矛和外套，他说：

“这把剑是我们宗教和战争的象征之一，是所向披靡的勇敢的引领者。这把长矛有可以燃烧的枪头，是我们福韦里特制作的最好的武器，只有中国皇帝值得我们献上这把长矛。我们知道，陛下敬佩我们的先知穆罕默德，陛下写诗赞扬他，值得我们感谢。因此，我们献给陛下一套我们先知穿过的卡塔尔衣服，感谢陛下的和平倡议。我们的宗教是和平的宗教。”

皇帝听了达格米的话非常高兴，他的手势表明他非常赞同达格米的话，对他献上的礼物很感兴趣。

阿米尔带来了很多福韦里特珍珠，他说：

“这些珍珠是东方和西方国王们制作王冠最好的珍珠，我很荣幸能够把这些珍珠镶嵌在伟大的中国皇帝的皇冠上。”

然后，他对皇后说：

“这是特殊的礼物，我母亲叮嘱我献给皇后——伟大帝国慈善事业的领袖。这件礼物是克尔曼书法家书写的《古兰经》，放在一个镶嵌着贝壳的橡木盒子里，盒子上还用小珍珠镶嵌着‘古兰经’三个字”。

皇后喜出望外，她感谢了阿米尔的母亲，并请阿米尔转达对他母亲的敬意，感谢她送的贵重礼物。

麦加谢里夫的儿子献上了椰枣和咖啡，此外，还送了一匹纯种阿拉伯马和一个装有渗渗泉的水的瓶子。皇帝非常高兴，认为这是祝福的水。他还献上了一块天房罩幕，皇后说，她将把它和阿米尔母亲送的橡木盒子一起放到一个叫作“丝路柜”的壁龛里。“丝路柜”的意思是该柜中装有圣书和各种宗教信仰的标志物，她认为，源自同一个壁龛的光芒会照亮各条道路，直至殊途同归。

今天真的是非凡的一天。

该轮到沙姆苏丁献礼了，他命令他的随从把礼物抬上来。上来三个人，抬上来一个五米宽的画卷，他命令他们把画卷展开，原来这是一张用丝线编织的巨幅地图，上面写着“中国船队航线图”，标记有船队停靠的各个站点。

这就是丝绸之路，在这条路上，所有人都被代表，所有人都被凸显，所有人都能盈利。皇帝睁大了眼睛，盯着地图，这幅地图让他把世界尽收眼底。他盯着地图的每个细节，就像是在看最终的考试结果，真实成就的考试结果，世世代代纪念他的考试结果。

在同一时刻，所有人都盯着地图，每个人都在寻找自己的位置，每个人都有自己的位置。是的，所有人。

译后记

伟大的时代呼唤伟大的文学作品，正值中国实行改革开放40周年及开创“一带一路”倡议新的辉煌，一位祖先深受古代丝绸之路影响、钟爱中华文化、致力于弘扬丝路文化、积极支持“一带一路”倡议的阿拉伯外交家，以时间为经、以空间为纬、以文化为内核、以情感为底蕴，完成了这部反映古代丝绸之路光辉的历史小说。

《阳光之路》是卡塔尔外交官阿里·本·加尼姆·哈吉里以郑和下西洋的史实为基本依据创作的历史小说，讲述了郑和率领船队到达阿拉伯半岛，接洽各国要人和贸易代表，协调阿拉伯半岛部族之间的矛盾，完成麦加朝觐，最后搭载各国使节，途径印度、锡兰、巴厘岛、占婆等地返航回国，参加紫禁城落成大典的历史故事。

文如其名，小说的名字叫《阳光之路》，作者笔下的海上丝绸之路虽历经艰难但充满阳光，是一条繁荣之路、希望之路和富裕之路。在作者笔下，强大的大明王朝向丝绸之路沿线各国伸出友谊之手，得到了各国信任和拥护的回应。作为主人公的航海家郑和（即沙姆苏丁），是一位正直、高尚而富有人格魅力的船队统帅。他带领庞大的船队，肩负和平使命，希望与所到诸国，尤其是和阿拉伯国家之间建立平等友好的全方位合作关系。

作者以浓墨重彩，推出并描述了郑和、达格米、哈拉维、阿米尔等几位主要人物。在作者笔下，睿智包容的中国使者郑和、正直刚毅的部落首领达格米、博学多才的智者哈拉维、稳重内敛的酋长阿米尔都栩栩如生地跃然于小说的字里行间。

小说借鉴了《一千零一夜》的框架式故事结构、《十日谈》的谈话式语体以及《伊本·白图泰游记》的游记式背景，完成了郑和对丝绸之路沿线各国的通使、通商并一同返回中国的主线故事。他和达格米、哈拉维等各国使节一路交谈，在众多一问一答中为读者讲述了自己的出身、回族的来历、参加靖难之役、拯救沦为奴隶的非洲男孩、挫败船队内应与海盗勾结暗害他的阴谋、挫败锡兰国王妄图吞并中国船队的阴谋等一系列生动的故事。郑和的讲述与阿拉伯使节的提问或点评结合起来，表达了一众主要人物对民族文化、宗教信仰、人性光辉、女性地位等问题的观点与思考，既拔高了主题又丰富了情节。

来自阿拉伯半岛地区的达格米、哈拉维等使节在郑和的船队上，一路观察海上丝绸之路的风土人情。每一处发生的故事都有深刻的寓意，表达出作者对丝路文化内核的深入思考。途经印度加尔各答时，当地商人特鲁斯恪守商业信用，不惜损害自己的既得利益也要践行口头契约，从而推动了双边贸易的互信和深入发展，这是作者对丝路文化中的“诚信”特征的有力表现；当行至巴厘岛时，得见巴厘岛岛主有勇有谋，在其治理下的国度富饶强盛，作者高度肯定了女性在社会中的重要作用，体现了各国使节对女性平等地位的尊重；随后，在女王的主持下，郑和在新落成的郑和寺内与当地佛教徒一起完成了跪拜佛像的礼节，遭到同行的阿拉伯使节对崇拜异教偶像的质疑，作为虔诚的穆斯林的郑和胸怀坦荡地申明宗教包容的大义，成功说服了信仰伊斯兰教的各国使节团结在求同存异、兼容并包的丝路文化底蕴中，共同踏上了洒满理性光辉的归途；在占婆古王国，国王派出一众小船迎接船队，既维护了领海主权又不失迎宾礼节，郑和对此举的理解和赞赏体现出他对所有国家平等主权的完全尊重，进一步以亲身行动将倡导和平共赢的丝路文化深植于所有与之同行的各国使节心中。

小说名为“阳光之路”，阳光是一种隐喻，代表着文化之光、人性之光和智慧之光。

首先，小说洋溢着文化之光。一位外国作家，如此追溯历史又富有情感地书写出明朝永乐年间海上丝绸之路的历史故事，不留痕迹地将郑和代表的中华文化与丝绸之路沿线国家的文化融为一体，形成了爱好和平、相互尊重、互利共赢的丝路文化，与史料记载相比，更加栩栩如生，充满鲜活的生活气息和强烈的感染力。

其次，小说充盈着人性之光。小说对人性光辉的讨论贯穿始终，无论是郑和对变节的下属的仁慈处置，对贩卖为奴的非洲男孩的热心解救，对爱护自己的长者的舍命相护，还是对丝绸之路上各种宗教信仰之间矛盾的理性调和，以及为维护南洋航路安全而奋力剿灭海盗、不怕牺牲的英勇壮举，都展现了他深明大义的广阔胸襟、维护正义的英雄气魄、充满理性光辉的人格力量。郑和在文中多次以沙姆苏丁的教名出现，沙姆苏丁在阿拉伯语中的意思是“宗教的阳光”，郑和的人格力量也像一束阳光，照亮了所到之处，温暖了所遇之人。小说将郑和的人性之光注入丝路文化之光，使这条郑和的足迹七次踏遍的海上丝绸之路终成为“阳光之路”。

最后，小说蕴含着智慧之光。小说一直把人性中的终极关怀作为主旨贯穿全文，无论是在大量的诗歌吟诵中还是在全文后半段比比皆是的哲言妙语中，我们都可以发现智慧之光浸润在小说的字里行间。正如人性之光会注入文化之光并使其熠熠生辉那样，智慧之光使不同的文化闪耀着同一种终极关怀的光芒，使文化之光得以永恒传承、绵延不衰。“我一直讨厌‘奴仆’这个词，因为这个词代表的是邪恶，毫无善行可言。今天我第一次发现这个词也有好的一面，它可以是一种善行，用爱筑成一处围栏，给心安宁，而不是作为枷锁限制心灵的自由”“对嫉妒的罪恶当忍耐，你的忍耐是嫉妒的杀手，火焰如果找不到可以吞噬的东西，它们就会互相吞噬”“仁慈有高尚的含义，正义却没有。仁慈是比正义更加崇高的一种境界，正义可以治愈受害人，可以抚慰作恶者导致的不平和痛苦。而仁慈则可以消除这些负面情感，因而要高尚得多”……在小说的结尾，大明帝国的皇后将各国使节赠送的礼物都收纳到一个“丝路柜”中，她认为，尽管到达的方式不同，但源自同一个壁龛的光芒会照亮各条道路，直至殊途同归。作者用充满象征的文字隐喻了终极的人文关怀，隐喻了丝路的未来会更加光明。

历史上郑和“通好他国，怀柔远人”的伟大远航让古代海上丝绸之路成为各民族间的阳光之路，给所有人带来了福祉。今天，“一带一路”倡议更是得到了沿线国家的积极响应，成为连接各个种族、各种语言、各种信仰和各种肤色的全人类的友谊之路。

伟大的历史需要伟大的作品来记载并传颂，载郑和之舟，行千里远，搭雄鹰展翅，迎万里风。小说《阳光之路》描述了郑和下西洋的生动历史画面，且不乏对丝路文化的深刻思考，作为一部正面宣传中国文化的作品，作为中国改革开放40周年的献礼作品，这部小说既是“一带一路”这一伟大倡议深得人心的历史见证，也是这一伟大倡议深远影响的美好预言，更是对改革开放辉煌前景的热切展望。

刘风华

2019年7月于北京

图书在版编目（CIP）数据

阳光之路 /（卡塔尔）阿里·本·加尼姆·哈吉里著；叶良英，刘风华译．—北京：北京师范大学出版社，2019.9

ISBN 978-7-303-24911-4

Ⅰ．①阳…　Ⅱ．①阿…　②叶…　③刘…　Ⅲ．①长篇小说—卡塔尔—现代　Ⅳ．① I385.45

中国版本图书馆 CIP 数据核字（2019）第 172253 号

北京市版权局著作权合同登记号：01-2019-3277

营销中心电话　010-57654738　57654736

版权与国际合作部　http://www.bnup.com

YANGGUANG ZHI LU

出版发行：北京师范大学出版社　www.bnup.com

北京市西城区新街口外大街 12-3 号

邮政编码：100088

印　　刷：北京盛通印刷股份有限公司

经　　销：全国新华书店

开　　本：787 mm × 1092 mm　1/32

印　　张：6.5

字　　数：115千字

版　　次：2019年9月第1版

印　　次：2019年9月第1次印刷

定　　价：46.00元

策划编辑：谢　曦　　　责任编辑：周　鹏　沈英伦

美术编辑：张　鹏　　　装帧设计：张　鹏

责任校对：段立超　王志远　　　责任印制：李汝星